語文文化知識

實用手冊

蒲葦 ○ 編著

目錄

400 個

最常寫錯的字

錯字

漢語有一音多字、一字多義的特性,平日寫作,很容易出現張冠李戴的情況。某些詞語或成語,源自特定出處,不可隨意以其他字代替,若錯誤運用,便是「錯別字」。

錯字是指沒有這種寫法的字,寫的人把字形弄錯了。錯字大致分為以下四類:

錯字類別	例子	
	正	誤
(1) 誤添筆劃	步	步
	染	染
	武	武
	猴	猴
(2) 減去筆劃	直	直
	達	達
	隆	隆
	零	零
(3) 偏旁混用	切	切
	初	初
	虐	虐
	延	延
(4) 錯搬位置	險	劍
	尋	尋
	辣	辞
	茫	茫

別字

　　沒有寫錯字，不過用錯了地方；該寫這個字，卻誤拉了另一個字代替，這就是「別字」。別字一般是用了形狀、讀音近似的字誤替正字。

別字類別	例子	
	正	誤
（1）同音或近音	主婦	煮婦
	商量	相量
（2）形狀相似	鬼祟	鬼崇
	釣魚	鈎魚
（3）形狀相似，音亦相近	鬧鐘	鬧鍾
	煩惱	煩腦

錯別字排行榜

　　以下是同學最常寫錯的 50 個字，請記住，如常寫錯別字，對考試得分極有影響。

排名	正寫	誤寫	詞義	備注
1	分辨	分辦	辨別、說明	辨：判別、區分 辦：處理
2	認為	應為	對某一事物分析和思考後所作的判斷	認：認識、分辨 應：回答；當、該。
3	根據	跟據	把某種事物作為結論的前提或語言行動的基礎	根：事物的本源；作為依據。 跟：跟隨在後面，緊接着；表示聯合關係，等同「和」。
4	印象	印像	感官受外界刺激而留存於心中的意象	象：形狀、樣子 像：比如、例如；比照人物製成的形象。
5	另外	令外	指所說範圍之外的人或事	另：別的、以外 令：命令；使、讓。
6	贊成	讚成	對他人的主張或行為表示同意	贊：同意 讚：稱美、頌揚
7	以往	已往	從前、以前	以：放在位置詞前，表明時間、方向或數量。 已：已經，跟「未」相對，表示過去。
8	書籍	書藉	裝訂成冊的著作的總稱	籍：書、書冊；登記名冊；出生地或長久居住的地方。 藉：墊在下面的東西；襯墊；假設；踐踏；凌辱；進貢；同「借」。

排名	正寫	誤寫	詞義	備注
9	哪裏	那裏	疑問代詞,問甚麼處所。	哪:疑問詞,要求在所問範圍中有所確定。那:指較遠的時間、地方或事物
10	收穫	收獲	取得成熟的農作物	穫:收到莊稼獲:獵物、打獵所得的東西
11	抉擇	決擇	挑選、選擇	抉:剔出決:斷定、拿定主意;堤岸被水沖開。
12	批准	批準	上級對下級的請求表示同意	准:允許準:正確;法度、法則。
13	相輔相成	相輔相承	互相補充,互相促成。	成:做好、做完;事物生長、發展到一定的形態或狀況。承:在下面接受;托着;擔當;應允;蒙受別人的好意;接連、繼續。
14	熟悉	熟識	了解得清楚、清楚地知道	悉:知道;盡、全。識:知道,能辨別;所知道的道理。
15	暴躁	暴燥	遇事急躁,容易發怒。	躁:性急;不冷靜。燥:乾、缺少水份
16	荼毒	茶毒	荼是一種苦菜,毒指毒蟲、毒蛇之類,比喻毒害。	荼:古書上說的一種苦菜,可比喻為苦害。茶:用茶葉沖成的飲料
17	蠟燭	臘燭	蠟製的固體照明用品	蠟:動物、植物或礦物產生的油質,具可塑性,可製成蠟燭。臘:歲終時合祭眾神的祭祀;陰曆十二月稱為「臘月」;醃製後風乾的肉類。

排名	正寫	誤寫	詞義	備注
18	戰戰兢兢	戰戰競競	因恐懼而發抖的樣子；因戒懼而小心謹慎的樣子。	兢：小心、謹慎 競：比賽、互相爭勝
19	少許	小許	一點、少量	少：數量不多 小：體積、面積不大
20	工具	公具	生產勞動時使用的器具，也指用以達到目的的事物。	工：工作、生產勞動 公：屬於國家或集體的，與「私」相對。
21	反省	反醒	回想自己的思想行動，檢查其中的錯誤。	省：檢討、審察、明白 醒：酒醉或昏迷後神志恢復正常狀態；覺悟。
22	符合	乎合	數量、形狀、情節等相合	符：相合；代表事物的標記。 乎：加於形容詞或副詞後的字，如「巍巍乎」。
23	報章	報張	報紙	章：成篇的文字 張：量詞；計算某些可張開物體的單位。
24	時候	時侯	時間	候：時節 侯：古代士大夫之間的尊稱
25	匆忙	勿忙	急忙的樣子	匆：急促 勿：不要
26	無奈	無耐	無可奈何，沒有別的辦法。	奈：如何、怎樣 耐：忍、受得住
27	響應	嚮應	用語言行動表示贊同、支持某種號召或倡議	響：回聲 嚮：傾向、朝着；從前。
28	挫折	錯折	事情不順利、失敗	挫：不順利、失敗 錯：不正確；與實際不符。

排名	正寫	誤寫	詞義	備注
29	分裂	分烈	整個事物分開	裂：物體的兩部分向兩旁分開 烈：火勢猛，引申為厲害；剛直，有高貴品格的。
30	妨礙	防礙	使事情不能順利進行、使過程或進展變得緩慢和困難	妨：損害、阻礙 防：戒備，預先做好應急準備；守衛。
31	陶冶	陶治	比喻培養人的性格和思想	冶：熔煉金屬；過份的裝飾打扮。 治：醫療；管理。
32	消遣	消遺	尋找感興趣的事來打發空閒時間	遣：排解、打發；派、送。 遺：丟失；餘、留；贈予、送給。
33	嚴厲	嚴勵	嚴格、不寬容	厲：嚴肅 勵：勸勉
34	懦弱	儒弱	軟弱無能；柔弱。	懦：軟弱無能 儒：指讀書人；中國春秋戰國時代以孔子、孟子為代表的一個學派。
35	放逐	放遂	古時候把被判罪的人流放到邊遠地方	逐：強迫離開；追趕。 遂：順、如意；成功、實現；於是、就。
36	座右銘	佐右銘	泛指可作為格言以自勵的文辭	座：座位；托着器物的東西。 佐：幫助
37	詭計	鬼計	狡詐的計策	詭：欺詐；狡猾。 鬼：人死後的靈魂；躲躲閃閃、不光明。
38	無可厚非	無可口非	做的事情不能算錯，不必過份加以責備。	厚：扁平物體上下兩個面的距離；深、重。 口：嘴巴；出入通過的地方；破裂的地方。

排名	正寫	誤寫	詞義	備注
39	輻射	幅射	以波或粒子的形式發射輻射能的過程，從中心向各個方向沿着直線伸展出去，形狀像車輻，亦稱「放射」。	輻：連結車輞和車轂的直條 幅：布的寬度，泛指事物的寬度；邊緣。
40	汗流浹背	汗流夾背	形容滿身大汗，濕遍脊背，亦形容萬分恐懼或慚愧。	浹：濕透 夾：從兩旁鉗住
41	包裹	包裏	包紮成件的包兒	裹：包；纏繞。 裏：衣物的內層；內部，與「外」相對。
42	尊重	專重	尊敬、敬重；重視並嚴肅對待。	尊：敬重、尊崇 專：集中心志、一心一意；獨自掌握和佔有。
43	內疚	內咎	內心感覺慚愧不安	疚：慚愧後悔 咎：過失
44	蜂擁	蜂湧	蜂群似的擁擠着	擁：圍着、擠在一起 湧：像水湧出
45	妄想	罔想	狂妄的、不能實現的打算	妄：荒謬不合理 罔：蒙蔽；沒有。
46	莫名其妙	莫明其妙	形容事情使人無法理解，不能以言語表達出來。	名：叫出、說出 明：清楚、了解
47	中西合璧	中西合壁	比喻在某種事物中，中國和西洋的精華合在一起。	璧：環狀中空的玉 壁：以土築成的牆垣

排名	正寫	誤寫	詞義	備注
48	不遺餘力	不違餘力	用盡全力，一點都不保留，形容盡心盡力。	遺：丟失；餘、留；贈予、送給。違：背、反、不遵守；不見面、離別。
49	鼎鼎大名	頂頂大名	形容名聲極大	鼎：盛大頂：物體最上部位；最、極。
50	按部就班	按步就班	做事依照一定的層次和條理	部：分類、門類步：行走時兩腳的距離

其他常見的錯別字

以下是其他常見的錯別字，試看看自己有沒有哪些字曾經寫錯？

編號	正寫	誤寫	詞義	備註
51	一剎那	一殺那	極短的時間、一瞬間	剎：表示短促的時間 殺：使人或動物失去生命
52	一番	一翻	一次、一種	番：量詞，計算次數的單位，相當於「回」、「次」。 翻：反轉、覆轉
53	一塌糊塗	一蹋糊塗	全部處於亂七八糟狀態	塌：崩倒；下陷。 蹋：踏、踢，引申為不愛惜之意。
54	一鼓作氣	一股作氣	第一次擊鼓能夠振作士兵的勇氣，後泛指做事要趁鼓起勁頭時一口氣幹完。	鼓：敲擊或拍打使發出聲音 股：量詞，多指氣味或力氣。
55	一樁	一椿	一件，多指事情或案子。	樁：量詞，指事件；一頭插入地裏的木棍或石柱。 椿：落葉喬木，嫩枝葉有香味，可食。
56	一籌莫展	一酬莫展	一點計策也想不出；一點兒辦法也沒有。	籌：計數的用具，多用竹子製成；謀劃。 酬：勸酒；用財物報答；交際往來；實現願望。
57	入場券	入場卷	獲准參加或進入某場地的憑證	券：票據或作憑證的紙片； 卷：書籍、字畫；篇章；分類存檔的文件。

編號	正寫	誤寫	詞義	備注
58	三令五申	三令五伸	再三命令和告誡	申：陳述、說明 伸：舒展開
59	上癮	上隱	喜愛某種事物，成了癖好。	癮：指特別深的不良嗜好，亦泛指對某項事物的特殊興趣、癖好。 隱：藏匿、不顯露
60	乞丐	乞丏	專靠要飯要錢過活的人	丐：乞求；討飯的人。 丏：遮蔽；避箭的短牆。
61	千里迢迢	千里沼沼	形容路途遙遠	迢：遠 沼：池子
62	大快朵頤	大塊朵頤	朵頤，指鼓動腮頰，即大吃大嚼。痛痛快快地大吃一頓。	快：高興舒服；趕緊、從速；將、就要。 塊：量詞，指成疙瘩或成團的東西。
63	大肆揮霍	大事揮霍	大肆，即任意、放縱。指無節制地大量花錢。	肆：放縱，任意行事。 事：事情；職業。
64	川流不息	穿流不息	指河水流動不停，亦形容事物像流水一樣連續不斷。	川：河流 穿：破；通過。
65	干戈	干弋	泛指武器，亦用來比喻兵事、戰亂。	戈：兵器；戰爭。 弋：繫有繩子的箭，用來射鳥。
66	不共戴天	不共載天	不願與仇人共生世間，比喻仇恨極深。	戴：加在頭、面、頸、手等處；尊奉、推崇、擁護。 載：用交通工具裝；記錄、刊登；年、歲。
67	不妨	不防	表示可以這樣做，沒有甚麼阻礙。	妨：損害、阻礙 防：戒備，預先做好應急準備；守衛。

編號	正寫	誤寫	詞義	備注
68	不省人事	不醒人事	昏迷過去，失去知覺。	省：知覺、覺悟 醒：泛指頭腦由迷糊而清楚
69	不約而同	不若而同	彼此並沒有事先約定，而意見或行為卻相同。	約：事先說定 若：如果、假如
70	不計利害	不計厲害	不計較利益和弊害	利：好處 厲：兇猛
71	不能自已	不能自己	不能控制自己的感情	已：停止 己：自己
72	不期然	不其然	即「不期然而然」，指不希望如此而竟然如此。	期：一段時間 其：第三人稱代詞，相當於「他」；指示代詞，相當於「那」。
73	不斷	不段	持續不間斷、連續	斷：斷絕、隔絕 段：量詞，計算長條物分成若干部分的單位；事物的一部分；表示一定距離。
74	中流砥柱	中流抵柱	黃河中的堅強柱石。比喻能擔當重任、起中堅作用的人或群體。	砥：像砥柱山（在中國三門峽）那樣屹立在黃河激流中，喻中堅人物或力量所起的支柱作用；細的磨刀石。 抵：擋、拒；用力對撐着。
75	五花八門	五花百門	比喻花樣多端，種類繁多。	八：數字 百：數目；喻很多。
76	公帑	公努	公款、國庫	帑：古代指收藏錢財的府庫或錢財 努：盡量使出力量

14

編號	正寫	誤寫	詞義	備註
77	公務·	工務	公事，關於國家或集體的事務。	公：共同的、大家承認的；國家、社會、大眾；正直無私。 工：從事體力或腦力勞動；技術。
78	分道揚鑣·	分道揚鏢	指分路而行，亦比喻志趣或目的不同而分別行事。	鑣：馬嚼子兩端露出嘴外的部分 鏢：舊時投擲用的武器，形狀像長槍的頭。
79	友善·	有善	態度親切、友好	友：朋友；親近。 有：領有；存在；發生或出現。
80	反映·	反影	由某事物的一定狀態和關係而產生和它相符的現象	映：把客觀事物的實質表現出來 影：物體擋住光線時所形成的形象
81	天倫之樂·	天淪之樂	家人團聚時的歡樂	倫：人與人之間的關係 淪：沉沒、降落
82	尤其·	由其	格外、更加	尤：更 由：緣由；順隨、聽從
83	支持·	技持	支撐；支援；贊同、鼓勵。	支：撐持；伸出；豎起。 技：才能、手藝
84	日月如梭·	日月如梳	太陽和月亮穿梭似的來去，形容時間過得很快。	梭：織布時往返牽引緯線的工具，像棗核形；比喻不斷往來。 梳：整理頭髮的用具
85	毛骨悚然·	毛骨聳然	毛髮豎起，脊樑骨發冷。形容恐懼驚駭的樣子。	悚：害怕、恐懼 聳：高起、直立
86	水火不容·	水火不融	比喻互相對立，不能相容。	容：包含；對人度量大、讓、允許。 融：固體受熱變軟或化為流質；調合、和諧。

編號	正寫	誤寫	詞義	備註
87	水洩不通	水踐不通	形容十分擁擠或包圍得十分緊密	洩：液體或氣體排出；洩漏、洩露。 踐：走路搖搖擺擺的樣子
88	火鍋	火焗	爐置火上，使鍋湯常沸以熟菜餚，隨煮隨吃。	鍋：烹煮食物或燒水的器具 焗：義未詳
89	片段	片斷	指整體中的一部分	段：事物、時間的一節 斷：不繼續；判定。
90	以偏概全	以偏蓋全	片面地根據局部現象來推論整體，得出錯誤的結論。	概：大略、總括 蓋：由上往下覆、遮掩
91	以逸待勞	以逸代勞	指採取守勢，養精蓄銳，等待來攻的敵人疲勞時再出擊。	待：等侯；接應，對待。 代：替代、替換
92	令人不齒	令人不恥	令人不願意提到，表示極端鄙視。	齒：談到、提及 恥：羞愧、羞辱
93	令人髮指	令人發指	形容使人憤慨到了極點，頭髮都豎了起來。	髮：人類頭上的毛；比喻為山上的草木。 發：放射；生長、產生；開始、啟動。
94	出版	出板	泛指書刊、圖畫等的編輯，以及印刷、發行等工作。	版：印刷物排印一次 板：成片的、較硬的物體
95	功虧一簣	功虧一貴	指堆一座九仞高的土山，只差一筐土，就停止進行，比喻事情不能堅持到底以致功敗垂成。	簣：古代盛土的筐子 貴：價錢高；地位崇高、優越。

編號	正寫	誤寫	詞義	備注
96	包袱 •	包伏	外包有布的包裹；比喻負擔。	袱：包裹或覆蓋用的布單；包裹。 伏：趴，臉向下，體前屈；隱藏；使屈服。
97	去世 •	去逝	離開人世	世：指人間；人的一輩子；佛教用語，指宇宙。 逝：往、過去；去而不返；死亡。
98	打成一片 •	打成一遍	人與人相處融洽，不分彼此。	片：量詞，指面積、範圍、景象、心意等東西。 遍：量詞，次、回。
99	打烊 •	打佯	商店晚上關門停止營業	烊：熔化金屬；方言，商店晚上關門停止營業。 佯：假裝
100	未雨綢繆 •	未雨稠繆	天還沒下雨，先把房屋門窗修好，捆綁牢固。比喻提前做好準備或預防。	綢：束縛、纏繞 稠：密，與「稀」相對；濃。
101	目不暇給 •	目不暇及	美好新奇的事物太多，眼睛來不及看。	給：供應；富裕、充足；送給；替。 及：從後跟上；達到。
102	危殆 •	危怠	危險、危急	殆：危；大概、幾乎。 怠：懶惰，鬆懈；輕慢、不尊敬。
103	同仇敵愾 •	同仇敵氣	抱着仇恨，一致地對付敵人。	愾：憤怒、憤恨 氣：氣息；呼吸。
104	同仇敵愾 •	同仇敵慨	抱着仇恨，一致地對付敵人。	愾：憤怒、憤恨 慨：情緒激昂、憤激
105	名列前茅 •	名列前矛	比喻比賽、考試等名次排列在前幾名	茅：茅草 矛：長柄兵器；指對立的事物互相排斥。

17

編號	正寫	誤寫	詞義	備注
106	吃個飽	吃過飽	吃得很飽、很滿足	個：用在動詞與賓詞之間 過：表示曾經或已經
107	回憶	回億	對往事的追憶	憶：回想、記得 億：數目字，萬的萬倍。
108	在所不惜	在所不息	不在乎任何代價	惜：愛、重視；捨不得；感到遺憾、哀痛。 息：呼吸時進出的氣；停止；音信。
109	安詳	安祥	從容不迫、穩重	詳：莊重 祥：吉利
110	戍守	戌守	武裝駐守、防衛	戍：軍隊防守 戌：地支的第十一位，屬狗。
111	有恃無恐	有持無恐	有了依仗就無所畏懼	恃：依賴、仗着 持：拿着、握住；遵守不變；管理。
112	耳熟能詳	耳熟能長	指因經常聽到而能詳細了解及說明	詳：清楚地知道；細密、完備。 長：兩點之間的距離；優點、長處。
113	肉帛相見	肉白相見	相互看到對方的身體和衣服	帛：絲織品的總稱 白：雪花或乳汁般素淨的顏色；清楚；純潔。
114	亨通	享通	通達、順暢	亨：通達、順利 享：受用；供獻、上貢。
115	兌換	對換	以一種貨幣換取另一種貨幣	兌：交換；憑票據支付或領取現金。 對：使兩種事物配合在一起；調整使某事物合乎標準。
116	克勤克儉	刻勤刻儉	既能勤勞，又能節儉。	克：能夠 刻：雕；用刀子挖；形容程度極深。

編號	正寫	誤寫	詞義	備注
117	冷卻.	冷郤	使物體的溫度降低	卻：退；去掉。 郤：同「隙」
118	利弊.	利幣	好處和害處	弊：害處，與「利」相對；欺矇他人的壞事。 幣：錢幣；交換各種商品的媒介。
119	助興.	助慶	幫助增加興致	興：對事物喜愛的情緒；旺盛；舉辦、發動。 慶：祝賀
120	否認.	否應	不承認	認：表示同意、承認 應：回答；應付、對待；當、該；答應、允許。
121	吸引.	給引	把別的物體、力量或別人的注意力，引到自己這邊來。	吸：引取 給：交付
122	含蓄.	含畜	意思隱而不露，耐人尋味。	蓄：藏於心中，不顯露於外。 畜：禽獸，有時專指家養的禽獸。
123	形象.	形像	形狀、外貌；人的內涵作為所呈現的風格、特色。	象：形狀；樣子。 像：比如、例如；比照人物製成的形象。
124	戒指.	介指	套在手指上作紀念或裝飾用的小環	戒：戒指的簡稱 介：在兩者當中
125	抄襲.	抄習	竊取別人的作品以為己作	襲：攻擊；照樣繼續下去。 習：學習；練習；習慣。
126	折扣.	拆扣	買賣貨物時價錢按若干百分比減少	折：斷、弄斷；損失；彎曲；減少；翻轉；虧損。 拆：把合在一起的東西弄開；分散、毀掉。

19

編號	正寫	誤寫	詞義	備注
127	改過自新	改過自身	改正過失，重新做人。	新：性質改變得更好，與「舊」相對。 身：人、動物軀體的主要部分；親自；本人。
128	男士	男仕	對男性的敬稱	士：對人的美稱 仕：指使官
129	見仁見智	見人見智	比喻見解因人而異	仁：一種道德範疇，指人與人相互友愛、互助等；果核的最內部分。 人：人類；別人、他人；人的品質、性情、名譽。
130	言簡意賅	言簡意駭	言辭簡練，意思完備。	賅：完備 駭：驚懼
131	豆豉	豆鼓	一種豆製食品。一般用大豆或黑豆蒸煮以後，經發酵製成，多用於調味。	豉：一種用熟的黃豆或黑豆經發酵後製成的食品。 鼓：敲擊樂器
132	身形	身型	身材體形	形：形狀；形體、實體。 型：鑄造器物用的模子；樣式。
133	防範	防犯	戒備、防備	範：限制 犯：抵觸，違反；侵害，進攻。
134	事情棘手	事情辣手	比喻事情難辦	棘：泛指有刺的草木 辣：像薑、蒜的刺激性味道；狠毒。
135	享負盛名	享富盛名	享有很高的名望	負：具有、享有 富：財產豐厚；充裕、充足。
136	侍奉	事奉	侍候奉養長輩或顯貴	侍：伺候，在旁陪伴。 事：自然界和社會中一切現象和活動；職業；變故。

編號	正寫	誤寫	詞義	備注
137	來勢洶洶	來勢凶凶	動作或事物到來的氣勢很厲害	洶:水勢很大;波濤聲。 凶:不幸的,不吉祥的;惡。
138	刺激	剌激	推動事物,使之起積極的變化;使人激動,令人在精神上受到挫折或打擊。	刺:用尖的東西插入 剌:違背常情、事理
139	卑躬屈膝	卑恭屈膝	彎腰下跪,形容毫無骨氣,諂媚奉承。	躬:彎曲身體 恭:肅敬,謙遜有禮貌。
140	取消	除消	使原有的制度、規章、資格、權力等失去效力	取:拿去 除:去掉
141	和藹可親	和靄可親	性情溫和,態度親切。	藹:和氣、和善 靄:雲氣
142	固然	故然	本來就如此;表示承認某個事實,引起下文轉折。	固:結實、堅硬;原來、一向。 故:原因、根由
143	姍姍來遲	珊珊來遲	形容女子邁步緩來的樣子	姍:形容走路緩慢從容的樣子 珊:形容衣裙玉佩等發出的聲音;形容晶瑩的樣子。
144	官吏	官史	官員,亦為政府工作人員的總稱。	吏:舊時官員的通稱 史:自然界和人類社會的發展過程,亦指記述、研究這些發展的文字和學科;古代掌管記載史事的官。
145	屆時	屈時	到時候	屆:到;量詞,略同於「次」。 屈:使彎曲,與「伸」相對。

編號	正寫	誤寫	詞義	備注
146	性格	性恪	在對人對事的態度和行為上表現出來的心理特點	格：人的品質、品格 恪：恭敬、謹慎
147	抿嘴苦笑	泯嘴苦笑	輕閉嘴唇，心裏不高興而勉強裝笑。	抿：嘴唇微合 泯：消滅、消除
148	招徠	招來	招攬生意和顧客	徠：招攬顧客 來：由另一方面到這一方面，與「往」、「去」相對。
149	抨擊	評擊	用言語攻擊或批評	抨：彈劾 評：議論、評論；判出高下。
150	果腹	裹腹	吃飽肚子	果：充實、飽足 裹：包着、纏繞
151	林林總總	林林種種	形容多得成群	總：聚在一起；概括全部；為首的。 種：種子；具有共同起源和共同遺傳特徵的生物群。
152	枉費	枉廢	白費；徒然耗費。	費：用、消耗 廢：沒有用的東西
153	物色人才	物識人才	按一定的標準訪求人才	色：顏色；情景、景象；臉上表現的神色。 識：知道，能辨別；所知道的道理。
154	空曠	空擴	視野開闊，無任何阻擋物	曠：空闊 擴：推廣、伸張、放大、張大
155	虎視眈眈	虎視耽耽	用凶狠貪婪的目光注視目標	眈：注視 耽：延誤；沉溺、迷戀。
156	返璞歸真	返樸歸真	去掉外飾，還其本質。比喻回復原來的自然狀態。	璞：未經雕琢的玉，引申為人純樸的本質。 樸：未經雕琢的素材，引申為篤實。

編號	正寫	誤寫	詞義	備注
157	怦然心動	砰然心動	受某種事物吸引，心跳猛烈，思想情感起了波動。	怦：心中躁急不安，引申為心跳動貌。 砰：山石崩墜的大聲巨響
158	信口開河	順口開河	隨意亂說	信：誠實、不欺騙；不懷疑；隨意。 順：趨向同一個方向，與「逆」相對；沿、循；按次序。
159	勇氣可嘉	勇氣可加	敢作敢為、毫不畏懼的氣概值得稱讚、嘉許	嘉：誇獎、讚許 加：增多
160	垂青	垂稱	比喻得到重視	青：深綠色或淺藍色；喻年輕。 稱：叫做；說；量輕重。
161	宣洩	渲洩	當眾發洩以引起注意	宣：公開說出、散佈 渲：把水、墨淋在紙上再擦勻的畫法；喻誇大地形容；文藝作品中通過多方面的描寫、形容或烘托來突出形象。
162	建議	見議	向他人提出自己的主張	建：提出；首倡。 見：看到
163	建議	建意	向他人提出自己的主張	議：意見、言論 意：心思；人或事物流露的情態；猜想。
164	待人接物	代人接物	處理人際關係與事務	待：以某種態度加之於人或事物 代：更迭、代替
165	待定	代定	事情等候決定	待：等候；對待，招待；逗留。 代：替代、替換；繼承；輪流更換。

23

編號	正寫	誤寫	詞義	備注
166	怨天尤人	怨天由人	埋怨上天,怪罪別人。	尤:怨恨;歸咎於某對象。 由:聽從、順隨;原因。
167	恰到好處	洽到好處	指說話做事等達到了最適當的地步	恰:正巧、剛剛;合適、適當。 洽:諧和
168	恢復	恢服	回復原來的樣子	復:還原、回到原來的樣子 服:衣裳的統稱;欽佩;順從。
169	按捺不住	按奈不住	心裏急躁,克制不住。	捺:用手按;抑制;筆形之一,由上向右斜下。 奈:如何、怎樣
170	拾人牙慧	拾人牙惠	拾取別人的片言隻語當做自己的話	慧:聰明、有才智 惠:恩、好處
171	既往不咎	既往不究	對以往的過錯不再責難追究	咎:怪罪,處分。 究:窮盡,追查。
172	流連忘返	留連忘返	形容沉迷於遊樂而忘了回去。後多指留戀某事,捨不得離開。	流:像水那樣流動不定,如「流浪」、「流轉」。 留:停止在某個地方
173	為人詬病	為人垢病	指出他人過失而加以非議或辱罵	詬:辱罵 垢:污穢、髒東西
174	皇帝	王帝	秦以後天子的稱號	皇:君主 王:一族中的首領
175	相形見絀	相形見拙	互相比較之下,一方顯得很遜色。	絀:不足、不夠 拙:笨、不靈巧;謙辭,多用來稱自己的文章或見解。

編號	正寫	誤寫	詞義	備注
176	相提並論	相題並論	把不同性質的人或事物放在一起評論	提：說起；取出；垂手拿着有環、柄的東西；提防。 題：寫作或演講內容的總名目
177	突出	特出	隆起；出眾地顯露出來。	突：忽然；超出，衝破。 特：單一；不平常的，超出一般的。
178	突然	特然	在短促的時間內發生，出乎意料之外。	突：忽然 特：單一；不平常的，不同於一般的。
179	約束	約朿	限制管束使不超越範圍	束：捆住；聚集成一條的東西；控制。 朿：古同「刺」
180	背景	背境	歷史情況或現實環境	景：環境的風光；情況、狀況。 境：疆界；地方、區域、處所。
181	苦惱	苦腦	憂愁煩惱的樣子	惱：煩悶、苦悶；發怒、忿恨。 腦：高等動物神經系統的主要部分
182	負累	負慮	負擔、包袱	累：疲乏；堆積；連帶；多餘、不簡潔。 慮：思考；擔憂。
183	重複	重覆	同樣的東西再次出現；按原來的樣子再次做。	複：本義為「有夾裏的衣服」，引申為重複、重疊。 覆：指「反」，倒易其上下之意，引申為翻倒、翻覆。
184	重蹈覆轍	重蹈覆徹	再次沿翻車的舊痕跡走，比喻再犯以前的錯誤。	轍：車輛壓過的痕跡；途徑、門路。 徹：通、透；開發。

編號	正寫	誤寫	詞義	備註
185	風雲際會	風雲制會	比喻才士賢臣為時所用	際：彼此之間 制：法規、制度
186	風聲鶴唳	風聲鶴淚	形容非常驚慌，到了自驚自擾的程度。	唳：鶴、雁等鳥高亢的鳴叫 淚：眼裏流出的水
187	首屈一指	手屈一指	表示第一、居首位	首：頭 手：手部，人體用來拿東西的部分。
188	首飾	手飾	原指頭部的飾物，後泛稱女子身上的裝飾品，如別針、手鐲、指環等。	首：頭 手：手部，人體用來拿東西的部分。
189	修身養性	收身養性	指努力提高自己的品德修養	修：在學問與品行方面學習和鍛鍊 收：獲得；接受、容納。
190	修葺	修茸	修築、整治	葺：原指用茅草覆蓋房子，後泛指修理房屋。 茸：草初生纖細柔軟的樣子
191	凌晨	零晨	天快亮的時候	凌：時間詞 零：零碎；表示沒有數量。
192	凋謝	凋謝	草木花葉枯萎脫落	凋：草木衰落 凋：古同「周」，指圍繞。
193	剛愎自用	剛復自用	固執己見，不肯接受他人意見。	愎：固執任性 復：還原，回到原來的樣子。
194	原來	完來	剛開始的時候；從前。	原：最初的、開始的；原來、本來。 完：全、完整；完成、完結。

編號	正寫	誤寫	詞義	備注
195	恐怖	恐佈	感到可怕和畏懼	怖：懼怕 佈：宣告，對眾陳述；遍及、散滿。
196	息息相關	適適相關	呼吸相關聯，比喻關係極為密切。	息：呼吸時進出的氣 適：恰好；舒服。
197	晉升	進升	提高職位或級別	晉：升級 進：向前移動；表示到裏面。
198	校對	教對	對照原稿校準；專門從事校對工作的人。	校：比較、查對、訂正 教：指導、訓誨；使、令。
199	根本	跟本	事物的根源或最重要的部分；從頭到尾、始終。	根：事物的本源；作為依據。 跟：跟隨在後面，緊接着；表示聯合關係，等同「和」。
200	氣氛	氣紛	在一定環境中給人某種強烈感覺的精神表現或景象	氛：氣象、情勢 紛：眾多、雜亂
201	氣概	氣慨	在對待重大問題上表現的態度、舉動和氣勢	概：氣度神情 慨：情緒激昂；歎息。
202	消瘦	消廋	形容身體極瘦	瘦：體內含脂肪少，肌肉不豐滿，與「胖」、「肥」相對。 廋：匿藏
203	海報	海布	預告活動的招貼廣告	報：傳達消息和言論的檔、信號或出版物 布：布匹；流傳，散播。

編號	正寫	誤寫	詞義	備注
204	特色.	特式	事物表現的獨特風格	色：顏色；情景、景象；臉上表現的神色。式：物體外形的樣子；特定的規格。
205	病入膏肓.	病入膏盲	病情險惡無法醫治，亦比喻事態嚴重，無可挽救。	肓：中醫指心下膈上的位置盲：瞎、看不見東西
206	真諦.	真締	泛指最真實的意義或道理	諦：道理；仔細。締：結合、訂立；建立；禁止。
207	破釜沉舟	破斧沉舟	項羽跟秦兵打仗，過河後把釜都打破，船都弄沉，表示決不後退，比喻決心戰鬥到底。	釜：以金屬製成的烹飪器皿，無足之鍋。斧：砍東西用的工具，多用來砍木頭。
208	粉末.	粉沫	細屑	末：碎屑；尾端；最後。沫：液體形成的許多細泡，例如泡沫。
209	缺陷.	缺憾	缺點、不完美	陷：掉進、墮入、沉下；凹進；缺點。憾：失望，心中感到不滿足；悔恨。
210	脈搏.	脈膊	動脈的搏動；借喻一種動態或情勢。	搏：跳動；對打；捕捉。膊：上肢，近肩的部分。
211	胯下之辱.	跨下之辱	從兩條腿之間爬過的恥辱	胯：腰和大腿之間的部分跨：抬腿向前或向旁移動越過；邁過。
212	草菅人命.	草管人命	視人命如草芥而任意摧殘	菅：多年生草本植物，多生於山坡草地。管：負責；圓而細長中空的東西；吹奏的樂器。

編號	正寫	誤寫	詞義	備注
213	茶壺	茶壼	用以燒煮開水或容置茶水的器具	壺：一種有把有嘴的器皿，用來盛茶、酒等液體。 壼：古時宮中的道路
214	貢獻	供獻	進奉或贈予；對公眾有所助益的事。	貢：把物資、力量、經驗等獻給他人 供：供應；準備東西給需要的人應用。
215	針灸	針炙	中醫針法和灸法的總稱	灸：燒，中醫的一種醫療方法，用艾炷或艾卷燒灼人身的穴位。 炙：燒烤，把肉串起來在火上熏烤。
216	針砭	針貶	比喻指出錯誤，勸人改正。	砭：用石針刺皮肉治病，引申為規勸。 貶：給予低的評價，與「褒」相對。
217	陝西	狹西	省名，因在陝原之西而得名。	陝：陝西省的簡稱 狹：窄、不寬廣
218	鬼斧神工	鬼斧神功	形容建築、雕塑等技能的精巧，非人工所能為。	工：技術 功：本領；成就。
219	鬼祟	鬼崇	行為不光明	祟：迷信說法指鬼神給人帶來的災禍，借指不正常的行動。 崇：尊重
220	偏袒	偏坦	維護雙方中的一方	袒：脫去或敞開上衣，露出身體的一部分；袒護。 坦：平而寬；心裏安定。
221	商討	相討	商量討論	商：兩個以上的人一起討論、計劃；買賣。 相：交互，行為動作由雙方來進行；人或物體的外觀。

編號	正寫	誤寫	詞義	備註
222	商榷	商確	商討；斟酌。	榷：商討；專賣；渡水的橫木。 確：真實；堅固。
223	問個究竟	問過究竟	把事情問清楚	個：用在動詞與賓詞之間 過：表示曾經或已經
224	堅定不移	堅定不疑	穩定堅強，毫不動搖。	移：改變，變動；挪動。 疑：不信，猜度；不能解決的，不能斷定的。
225	張燈結綵	張燈結彩	張掛燈籠，紮結彩球、彩帶，一種表現喜慶的習俗。	綵：五彩的絲織品 彩：各種顏色交織
226	興高采烈	興高彩烈	互相學習，交流經驗。	采：神色的意思，例如神采。 彩：各種顏色交織
227	得不償失	得不嘗失	得到的抵不上付出的	償：歸還、補還；滿足。 嘗：辨別味道；試、試探；曾經。
228	悉心栽培	適心栽培	用盡所有的精力培育人才	悉：全、盡 適：恰好；舒服。
229	惋惜	腕惜	表示可惜；引以為憾。	惋：歎惜，憾恨。 腕：手腕
230	情況	情怳	情形	況：情形 怳：忽然；彷彿。
231	救援	救緩	救助	援：用手牽引；幫助；引用。 緩：慢、延遲；甦醒。
232	教誨	教悔	教訓、教導	誨：教導、誘導 悔：為以前做過的事或說過的話產生懊惱、自恨的心理
233	清晰	清淅	清楚明晰	晰：明白、清楚 淅：象聲詞，形容輕微的風雨聲、落葉聲。

編號	正寫	誤寫	詞義	備注
234	淹沒	掩沒	被大水蓋過	淹：指被水浸沒 掩：遮蔽、遮蓋
235	甜蜜	甜密	形容感到幸福、愉悅、舒適	蜜：甜美 密：事物之間距離近
236	畢竟	不竟	到底、終歸	畢：完結 不：否定
237	眼花繚亂	眼花瞭亂	形容看見繁複新奇的事物而感到迷亂	繚：圍繞、纏繞 瞭：明白、清楚；眼睛明亮。
238	絆腳石	拌腳石	行走時使腳受阻而跌倒的石塊，比喻前進道路上的障礙物。	絆：行走時被別的東西擋住或纏住，引申為束縛或牽制。 拌：攪和
239	船艙	船倉	船甲板下的內部空間，尤指船的載貨艙。	艙：船或飛機的內部 倉：收藏穀物的建築物
240	規矩	規距	校正圓形和方形的兩種工具；規則與禮法。	矩：畫直角或方形的工具；法則、規則。 距：相隔的空間和時間
241	責備	責被	批評指責	備：謹慎、警惕 被：用在動詞前，表示受動；睡覺時覆蓋身體的東西。
242	貪生怕死	貪心怕死	一味自愛生命，懼怕死亡。	生：生存；有活力的；發出、起動。 心：心臟
243	通緝	通輯	執法機關通令各地搜捕在逃犯人	緝：一種縫紉方法，一針對一針地縫。 輯：聚集材料編書
244	透徹	透澈	了解情況、分析事理深入而詳盡	徹：通、透 澈：水清

編號	正寫	誤寫	詞義	備註
245	透闢	透僻	透徹精妙	闢：開發建設；駁斥、排除；透徹。 僻：偏遠的；奇異、不常見的；邪惡不正的。
246	部署	佈署	處理、安排	部：安置、安排，多用於較大的事情，例如軍事部署。 佈：展開、安排
247	釣魚	鈞魚	用餌誘魚上鈎	釣：用釣鈎捕魚或其他水生動物 鈞：古代的重量單位，三十斤是一鈞。
248	陪伴	倍伴	隨同做伴	陪：跟隨在一起，在旁邊做伴。 倍：等於原數的兩個；更加、非常。
249	陪襯	陪趁	用別的事物來襯托，使主體更明顯突出。	襯：襯托 趁：利用時間、機會
250	博取	搏取	換取、取得	博：用自己的行動獲取想達到的目的 搏：搏鬥、對打
251	喝采	渴采	大聲稱好	喝：大聲喊叫 渴：迫切的樣子；口乾想喝水。
252	場地	塲地	空地，多提供文娛體育活動或施工等用的地方。	場：處所，許多人聚集或活動的地方。 塲：邊界
253	寒暄	寒喧	客套地打招呼，談家常話。	暄：太陽的溫暖；鬆軟。 喧：大聲說話，聲音雜亂。
254	復甦	覆甦	恢復生機	復：還原，回到原來的樣子。 覆：翻倒；反轉；毀滅。
255	循循善誘	循循善友	有步驟地輔助他人學習	誘：使用手段引人；勸導 友：彼此有交情的人

編號	正寫	誤寫	詞義	備註
256	斑馬線	班馬線	供行人橫越道路用的標線	斑：一種顏色中夾雜別種顏色的點子或條紋 班：為了工作或學習目的而編成的組織
257	斑斕	斑爛	色彩錯雜燦爛的樣子	斕：顏色駁雜，燦爛多彩。 爛：光明、顯著
258	朝廷	朝庭	君主聽政的地方，也指以君主為首的中央統治機構。	廷：封建時代君主受朝問政的地方 庭：堂階前的院子；審判案件的處所或機構。
259	森嚴	深嚴	整齊而嚴肅	森：樹木眾多，引申為繁盛；嚴整的樣子。 深：從表面到底的距離大，與「淺」相對；程度高的。
260	款式	款色	格式、式樣	式：物體外形的樣子；特定的規格。 色：顏色；情景、景象；臉上表現的神色。
261	游目騁懷	游目聘懷	縱目觀覽，舒展胸懷。	騁：奔跑；放開；盡量展開。 聘：聘請；定親。
262	痙攣	痙孿	肌肉突然緊張，不自主地抽搐的症狀。	攣：手腳蜷曲不能伸開 孿：雙生，一胎兩個。
263	發號施令	發號司令	發命令，下指示。	施：實行 司：主管
264	短促	短速	時間短暫而迫切	促：近；時間緊迫。 速：快
265	程度	情度	教育、能力等方面的水平；事物變化達到的狀況。	程：進展；限度。 情：實際的狀況；內容。

編號	正寫	誤寫	詞義	備注
266	竣工	峻工	工程或事務完成	竣：事情完畢 峻：山高而陡；高大；嚴厲苛刻。
267	筆挺	畢挺	站立的東西不歪斜；衣服平整挺括。	筆：形容像筆一樣直 畢：終止、結束
268	粟米	栗米	小米，亦泛指穀類。	粟：一年生草本植物，去皮後就是小米；古代泛稱穀類。 栗：栗子；發抖。
269	絞盡腦汁	攪盡腦汁	用盡心思	絞：扭緊、擠壓；用繩子把人勒死。 攪：擾亂；拌。
270	結晶品	結精品	精神凝聚的成果	晶：形容光亮；喻珍貴的成果。 精：細密的，與「粗」相對；物質中最純粹的部分。
271	舒緩	抒緩	平緩、從容	舒：展開；從容、緩慢。 抒：發出；表達、傾吐。
272	萎靡	萎糜	頹喪、不振作	靡：浪費、奢侈；腐敗。 糜：濃稠的稀飯
273	詛咒	咀咒	用惡毒的言語咒罵，或祈求鬼神降禍他人。	詛：求神加禍於別人，現泛指咒罵。 咀：同「嘴」
274	詆譭	抵譭	不顧事實，說人壞話。	詆：責罵；譭謗。 抵：彼此相當、替代；擋住、抗拒；對立、排斥；到達。
275	貶官	眨官	降低官職	貶：降低、減低 眨：眼睛很快地一閉一開
276	貿貿然	謬謬然	指遇事不經深思熟慮，隨便就決定做法。	貿：交換財物等商業活動；冒失或輕率的樣子。 謬：錯誤的，不合情理的；差錯。

編號	正寫	誤寫	詞義	備注
277	跋涉	拔涉	登山涉水，指旅途艱苦。	跋：翻山越嶺；踐踏。 拔：抽、拉出；選取；超出、高出。
278	開拓	開托	擴展疆土；開發、開創。	拓：開闢、擴充；推、舉。 托：用手承着東西；請別人代辦。
279	催促	摧促	使進行某事的進度加快	催：使趕快行動 摧：破壞、折斷；挫敗。
280	勢利	世利	以財產、地位之別來看待別人的態度	勢：權力、威力；表現出來的情況、樣子。 世：人間，以與天上相區別；一輩一輩相傳的。
281	圓滿	完滿	沒有缺失、漏洞，使人滿意。	圓：周全 完：結束
282	感慨	感概	有所感觸而慨歎	慨：歎息、歎氣；憤激；慷慨、豪爽。 概：大略、總括；情況、景象。
283	想入非非	想入飛飛	指意念進入玄妙境界，亦喻不切實際的胡思亂想。	非：不對，過失。 飛：飛舞；形容極快。
284	損害	捐害	傷害；使蒙受損失。	損：使蒙受害處；使失去原來的使用效能。 捐：獻助；捨棄。
285	搗亂	倒亂	以不好的手段或無理的行動來擾亂秩序，或破壞別人正進行的事情。	搗：攪擾 倒：轉換；表示跟意料相反；上下顛倒或前後顛倒。
286	斟酌	斟酎	思忖；思量，反復考慮以後決定取捨。	酌：斟酒；考慮；度量。 酎：醇酒，經過兩次或多次重釀的酒。

編號	正寫	誤寫	詞義	備注
287	滄海桑田	蒼海桑田	海變成了種桑樹的田地，種桑樹的田地變成了大海。比喻世事多變，人生無常；喻世事變化的巨大迅速。	滄：暗綠色；寒冷。 蒼：灰白色；深青色、深綠色。
288	煥然一新	換然一新	光彩奪目，給人全新的感覺。	煥：光明 換：給人東西同時從他那裏取得別的東西；更改、變換。
289	瑕疵	暇疵	本指玉的斑點，喻微小的缺點，後泛指一切缺點。	瑕：玉上面的斑點，喻缺點或過失。 暇：空閒
290	稠密	綢密	多而密	稠：多而密，與「稀」相對；濃、厚。 綢：一種薄而軟的絲織品
291	肆無忌憚	肆無忌彈	任意妄為，無所畏忌。	憚：怕、畏懼 彈：彈力；彈丸。
292	肄業	肆業	在校學習，指沒有畢業或尚未畢業。	肄：學習、練習 肆：放縱；竭盡；陳列、陳設。
293	蛻變	脫變	比喻改變、轉化	蛻：解脫，變化；蛇、蟬等動物脫皮。 脫：離開，落掉；取下，除去。
294	農曆	農歷	陰陽曆的一種；農業上使用的曆書。	曆：推算年月日和節氣的方法 歷：經過；已經過去的。
295	遐思	暇思	悠遠地思索或想像	遐：遠；長久。 暇：空閒
296	遏止	壓止	阻止	遏：阻止 壓：從上面加力；用威力鎮服；迫近。

編號	正寫	誤寫	詞義	備注
297	逾期	愈期	過期	逾：越過，超過；更加。 愈：更，越；較好，勝過。
298	隔靴搔癢	隔靴騷癢	隔着一層皮靴欲搔其癢，不起作用，比喻不貼切，沒有抓住關鍵。	搔：撓，用手指甲輕刮。 騷：動亂；擾亂；不安定。
299	匱乏	櫃乏	缺乏、不足	匱：缺乏 櫃：收藏東西用的傢俱
300	嘗試	常試	試驗	嘗：辨別滋味；經歷、試驗；曾經。 常：長久、經久不變；時時、不只一次。
301	寧願	令願	情願、寧可。形容在不很滿意的情況下，衡量利害而作的選擇。	寧：情願、寧願 令：命令；使、讓。
302	對簿公堂	對薄公堂	在法庭上受審問	簿：本子、冊籍；古代稱公文、案卷。 薄：厚度小的；冷淡；味道淡。
303	徹底	切底	通透到底；形容深刻、完全而無所遺留。	徹：貫通；通透。 切：密合；緊急。
304	摧毀	吹毀	徹底破壞	摧：破壞、折斷；挫敗。 吹：合攏嘴唇用力出氣；說大話；事情失敗。
305	演繹	演譯	推演鋪陳；由一般原理推演出特殊情況下的結論。	繹：抽出、理出事物的頭緒；連續不絕。 譯：把一種語言文字，依照原義改變成另一種語言文字。

編號	正寫	誤寫	詞義	備注
306	漠不關心	莫不關心	態度冷淡，不放在心上。	漠：冷淡地，不經心地。 莫：沒有；不要；不能。
307	瑣碎	鎖碎	零碎細小	瑣：零碎細小；玉石相碰的微細聲音；連環形花紋。 鎖：加在門、箱子等物上的封緘器，要用專門的鑰匙才能打開。
308	盡量	儘量	在一定範圍內達到最大限度	盡：力求達到最大限度 儘：聽任、隨意；不加限制。
309	精神奕奕	精神弈弈	情緒高昂，有朝氣的樣子。	奕：大；美好的樣子；積累的。 弈：圍棋；下棋。
310	精神恍惚	精神彷彿	指精神不集中，神思慌亂無主。	恍惚：精神不集中，神志不清。 彷彿：好像、似乎、近似、猶如
311	緊絀	緊拙	形容手頭上的財政不寬裕	絀：不足、不夠 拙：笨、不靈巧；謙辭，多用來稱自己的文章或見解。
312	腐朽	腐杇	腐爛朽敗，比喻思想陳腐、生活墮落或制度敗壞。	朽：腐爛、衰老 杇：泥瓦工人用的抹子
313	誓不兩立	勢不兩立	立誓不與仇敵共生存於人世間	誓：表明決心矢志不渝的話；絕對。 勢：權力，威力；表現出來的情況、樣子。
314	輕佻	輕挑	行動不穩重	佻：輕薄、不莊重；偷。 挑：撥弄、引動；用竿子舉起東西
315	領悟	領晤	了解、明白	悟：理解、明白 晤：遇；見面。

編號	正寫	誤寫	詞義	備注
316	鳳毛麟角	鳳毛鱗角	鳳凰的毛，麒麟的角，比喻珍貴而稀少的人才或事物。	麟：麒麟，古代傳說中的一種動物，像鹿，全身有鱗甲，有尾。 鱗：魚類、爬行動物和少數哺乳動物身體表面長的角質，或骨質小薄片。
317	價格不菲	價格不斐	物品價錢高昂	菲：微薄 斐：有文彩的樣子；顯著。
318	嘲諷	潮諷	嘲笑諷刺	嘲：譏笑，拿人取笑。 潮：海水漲落的現象；潮濕。
319	嬌生慣養	驕生慣養	在寵愛和縱容中成長	嬌：愛憐過甚；柔弱；美好可愛。 驕：自滿，自高自大，不服從；馬壯健；猛烈。
320	寬裕	寬餘	富裕；充足。	裕：豐富、寬綽 餘：剩下來的、多出來的；整數後的零數。
321	廣泛	廣範	謂涉及的方面廣，範圍大。	泛：一般地，普遍地；涉及面廣。 範：一定界限；限制。
322	彈劾	彈核	由國家的專門機關對違法失職的官吏採取揭發和追究法律責任的行為	劾：揭發罪狀 核：果實中堅硬並包含果仁的部分；仔細地對照、考察。
323	影響	影嚮	一方的動作引起他方產生變化	響：聲音 嚮：傾向；引導。
324	慕名而來	冒名而來	因仰慕別人的名氣而來	慕：嚮往；敬仰。 冒：用假的充當真的
325	撩是鬥非	撩事鬥非	引起事端，造成麻煩後果。	是：正確、適合 事：自然界和社會中一切現象和活動；職業；變故。

編號	正寫	誤寫	詞義	備註
326	敷衍塞責 •	敷衍失責	辦事不認真負責，只是表面應付一下。	塞：堵塞、填滿空隙；堵住器物口的東西。 失：丟掉；違背；找不着。
327	樞紐 •	樞鈕	指事物的關鍵部位；事物之間聯繫的中心環節。	紐：操縱的機鍵 鈕：電器開關或調節設備中通常用手操作的部分
328	潮汛 •	潮汎	每年定期的大潮	汛：江河定期的漲水 汎：同「泛」，飄浮。
329	璀璨 •	璀燦	形容光彩奪目	璨：形容珠玉的光澤 燦：光彩、耀眼
330	皺眉頭 •	縐眉頭	雙眉緊蹙，表示不悅、憂慮等神態。	皺：臉上或物體上的紋 縐：一般有皺紋的絲織品
331	盤踞 •	盤倨	盤結據守；佔據。	踞：蹲、坐；佔據。 倨：傲慢；微曲。
332	範疇 •	範籌	領域、範圍	疇：類別；同類的。 籌：計數的用具，多用竹子製成；謀劃。
333	締結 •	蒂結	訂立	締：結合，訂立；建立；禁止。 蒂：花或瓜果跟枝莖相連的部分
334	緣故 •	緣固	事情發生的因由	故：原因、根由 固：結實、堅硬；原來、一向。
335	蔓延 •	漫延	擴展、延伸開去	蔓：向四周擴展伸延 漫：淹沒；滿。
336	賠償 •	賠贘	因自己的行動使他人受到損失而給予補償	償：歸還、補退 贘：古同「賞」，今已不用此字。
337	賭博 •	賭搏	以金錢或其他事物作賭注來算勝負的遊戲	博：用自己的行動獲取想達到的目的；古代的一種棋戲，後泛指賭財物。 搏：搏鬥、對打

編號	正寫	誤寫	詞義	備注
338	輟學•	綴學	停止學習	輟：停止 綴：裝飾、縫；連接。
339	輪廓•	輪郭	表示人或物件外形的線條	廓：物體的周圍、外緣；廣闊。 郭：城牆
340	遷徙•	遷徒	搬移、遷移	徙：遷移 徒：步行；白白地；僅、只。
341	震撼•	震憾	指令某物件受猛烈震動；指心理受強烈衝擊。	撼：搬動；以言語打動人。 憾：失望，心中感到不滿足；悔恨。
342	髮型•	髮形	頭髮的修剪和模樣	型：鑄造器物用的模子；樣式。 形：形狀；形體；實體。
343	魯(鹵)莽•	老莽	說話做事不經過考慮；行為、態度輕率。	魯：莽撞、粗野 鹵：粗率、直率；愚鈍、笨拙。通「魯」。 老：年老；衰老。
344	墨守成規•	默守成規	戰國時墨翟善於守城，世人謂之「墨守」。後以「墨守成規」指固執地沿用舊方法辦事，不知變通。	墨：原指黑色顏料；可解作知識；此處解作姓氏。 默：沉默無聲；暗中。
345	噪音•	澡音	泛指嘈雜、刺耳的聲音	噪：聲音雜亂；許多人大喊大叫；喧嘩；鼓動。 澡：沐浴全身
346	導致•	導至	使產生、促成某種結果	致：招引；使達到。 至：到；極、最。
347	擅長•	善長	在某方面有專長	擅：長於、善於 善：擅長；容易；美好的；親善、交好。

編號	正寫	誤寫	詞義	備註
348	歷歷在目	瀝瀝在目	清清楚楚的呈現眼前	歷：經過；已經過去的；分明的、清晰的；完全。 瀝：液體一滴一滴地落下；濾。
349	獨擅勝場	獨擅勝長	獨攬競技場上的勝利，形容技藝高超。	場：處所，許多人聚集或活動的地方。 長：兩點之間的距離；優點、長處；年紀大、輩份高的人；年齡稍大；生長、發育。
350	積分	績分	積累的分數	積：積累、聚集 績：功業、成果
351	罹難	羅難	遭遇禍難，亦謂遭受迫害或因意外事故而死亡。	罹：遭受苦難或不幸；憂患、苦難。 羅：捕鳥的網；散佈；搜集；招致。
352	膨脹	膨漲	擴大	脹：體積變大 漲：水面高起來
353	融合	溶合	調和，和洽。	融：調合，和諧；固體受熱變軟或化為流體。 溶：在水中或其他液體中化開
354	融洽	融恰	感情和睦，沒有隔閡。	洽：諧和 恰：正巧、剛剛；合適、適當。
355	褫奪公權	遞奪公權	依法剝奪權利	褫：脫去、解下；剝奪。 遞：傳送；順着次序。
356	踴躍	擁躍	形容反應熱烈、爭先恐後	踴：往上跳 擁：抱；包圍；聚在一起。
357	遺棄	違棄	拋棄	遺：拋棄；贈予、送給 違：背、反、不遵守
358	優柔寡斷	優悠寡斷	辦事遲疑，沒有決斷力。	柔：軟弱 悠：在空中擺動；久遠。

42

編號	正寫	誤寫	詞義	備注
359	戴首飾	帶首飾	將飾物附加在頭、面、胸、手、足等處	戴：加飾物於頭、手、足之意 帶：把物件佩掛在腰部；拿着，攜帶。
360	濫竽充數	濫芋充數	比喻沒有真才實學的人，冒充有本領，混在行家裏充數。	竽：古代的吹奏樂器，像笙。 芋：泛指薯類植物
361	糟蹋	糟塌	凌辱，損毀；不珍惜，隨便丟棄。	蹋：踏、踢，引申為不愛惜之意。 塌：崩倒；下陷。
362	繁忙	煩忙	事情多，沒有空閒。	繁：複雜、多 煩：苦悶；急躁；又多又亂；敬辭，表示「請」。
363	罄竹難書	磬竹難書	極言事實之多，難以全部記載，多指罪惡。	罄：本義為器皿中空，引申為盡、用盡。 磬：古代敲擊樂器
364	聲嘶力竭	聲嘶力揭	聲音喊啞，力氣用盡。	竭：用盡 揭：把蓋在上面的東西拿起；使隱瞞的事物顯露。
365	臨摹	臨模	照原樣摹仿寫字或畫畫	摹：仿傚，照着樣子做。 模：規範、標準，特指「模範」。
366	謎團	迷團	疑團；讓人無法確定的事物，讓人心中起疑的事。	謎：還沒有弄明白或難以理解的事物 迷：分辨不清，失去了辨別、判斷的能力；醉心於某種事物。
367	趨炎附勢	趨炎赴勢	炎，比喻有權勢的人。趨炎附勢指奉承依附有權有勢的人。	附：靠近；依從。 赴：往、去

編號	正寫	誤寫	詞義	備注
368	避免・	被免	設法不使某種情形發生	避：設法躲開、防止 被：用在動詞前，表示受動；睡覺時覆蓋身體的東西。
369	鍾愛・	鐘愛	特別疼愛	鍾：集中、專一，多指情感。 鐘：計時器；鐘點、時間。
370	餬口・	糊口	填飽肚子；勉強維持生活。	餬：像粥一樣的食物 糊：黏合；認識模糊混亂；欺騙、蒙混；敷衍；像粥一樣的食物。
371	嚮導・	響導	帶路；帶路的人。	嚮：引導 響：聲音
372	瀏覽・	流覽	大略地看	瀏：大致看看 流：液體移動；傳播。
373	翻動・	番動	弄翻、弄倒	翻：反轉、覆轉 番：量詞，計算次數的單位，相當於「回」、「次」。
374	藐視・	渺視	小看、輕視的意思	藐：本義指小草，引申為幼小或輕視之意。 渺：水流邈遠，一望無際之意，引申為微小。
375	藉以・	值以	謂憑藉某種事物或手段以達到某一目的	藉：依靠 值：遇到；正當。
376	謹慎・	緊慎	對外界事物或自己的言行密切注意，以免發生錯誤或不幸的事情。	謹：慎重、小心 緊：形勢嚴重，關係重要；事情密切接連着，時間急促，沒有空隙。
377	豐功偉績・	豐功偉蹟	稱頌對社會作出偉大貢獻，創造出巨大業績的人。	績：成果、功業 蹟：前人留下來的事物，多指建築、器物等。

44

編號	正寫	誤寫	詞義	備注
378	雙方·	相方	在某一件事情上相對的兩個人或兩個方面	雙：兩個；偶數，與「單」相對。 相：交互，行為動作由雙方來進行；容貌、樣子。
379	鬆弛·	鬆馳	放鬆，不緊張。	弛：放鬆、解除；延緩。 馳：車馬等奔跑；嚮往；傳揚。
380	謾罵·	漫罵	隨意亂罵	謾：肆意；欺騙，蒙蔽。 漫：不受約束、隨便；到處都是；水過滿，向外流出。
381	壟斷·	攏斷	原指站在市集的高地上操縱貿易，引申為獨佔、專賣。	壟：田地分界高起的地方 攏：靠近；聚集。
382	龐大·	寵大	表示形體、組織、數量或程度大大超過慣常的範圍或標準	龐：大 寵：愛；縱容。
383	攀龍附鳳·	攀龍付鳳	為獲名利而巴結、投靠有權有勢的人。	附：依從；贊同；靠近；另外加上。 付：交、給
384	瀕臨·	頻臨	接近；將要；指位置相鄰，接界。	瀕：接近、將、臨 頻：屢次
385	疆土·	彊土	指一個國家的領土	疆：地域、邊界；極限。 彊：同「強」
386	難忘·	難忙	印象深刻，難以忘記。	忘：不記得；遺失。 忙：事情繁多，沒有空間；急迫；慌張。
387	嚴謹·	嚴僅	嚴密謹慎	謹：慎重、小心 僅：不過、才

編號	正寫	誤寫	詞義	備注
388	寶貴·	保貴	極有價值，非常難得和珍貴。	寶：珍貴的東西 保：保護、保衛；保持。
389	籃球·	藍球	一種球類運動	籃：供投球用的帶網鐵圈 藍：晴天天空的顏色
390	贍養費·	瞻養費	供給生活所需的費用	贍：供給人財物；富足、足夠。 瞻：向上或往前看
391	麵包·	麵飽	食品，把麵粉加水等調勻，發酵後烤製而成。	包：一種帶餡蒸熟的麵食 飽：吃足了，與「餓」相對。
392	灌輸·	貫輸	將思想觀念灌注輸送給他人	灌：澆溉；倒進去。 貫：穿、貫通；連貫。
393	辯論·	辨論	見解不同的人彼此闡述理由，辯駁爭論。	辯：說明是非或爭辨真假 辨：分別；分析；明察。
394	顧名思義·	故名思義	看到名稱，就想到它的含義。	顧：看；照管、注意；拜訪。 故：意外的事情；原因；舊的、過去的。
395	籠罩·	攏罩	像籠子似地罩在上面，指廣泛覆蓋的樣子。	籠：罩物器；遮蓋，罩住。 攏：靠近；聚集。
396	顯著·	顯注	非常明顯	著：顯明；寫書。 注：灌進去；精神、力量集中在一點。
397	驚惶·	驚徨	形容驚慌的樣子	惶：恐懼 徨：與「徬」連用，指猶豫不決，不知道往哪裏走才好。

編號	正寫	誤寫	詞義	備注
398	體裁・	體材	文學作品的表現形式。可用各種標準分類，如根據有韻無韻可分為韻文和散文；根據文體、文類可分為詩歌、小說、散文、戲劇等。	裁：文章的體制、格式 材：資料、材料
399	觀摩・	觀魔	互相學習，交流經驗。	摩：兩手相切摩，引申為研究切磋。 魔：宗教或神話傳說中指害人性命、迷惑人的惡鬼，喻邪惡的勢力。
400	躡足・	攝足	放輕腳步；插足。	躡：踩、踏；追蹤、跟隨；輕步行走的樣子。 攝：拿、吸取；保養。

200 個
最常讀錯的字

粵音基本知識

　　粵語，即「廣州話」或「廣東話」，是當下大部分香港人的母語，其拼音系統跟普通話相近，同樣包括聲母、韻母和聲調。想要準確讀出漢字的粵音，得先掌握其拼音系統。粵語有 19 個聲母，53 個韻母，9 個聲調。本表主要參考香港教育署語文教育學院中文系編的《常用字廣州話讀音表》（1990 年）的拼音系統和標音方法，詳見下表：

聲母

b	玻	p	拋	m	摩	f	科
d	多	t	拖	n	你	l	李
dz	支	ts	雌	s	思	j	衣
g	家	k	卡	h	蝦	ng	牙
gw	瓜	kw	誇	w	蛙		

韻母

a	椏	aai	挨	aau	坳	aam	三	aan	翻返	aang	盲	aap	鴨	aat	歷	aak	軛
e	爹	ai	哎	au	歐	am	庵	an	分	ang	盟	ap	急	at	不	ak	厄
oe	靴	ei	你							eng	贏					ek	尺
o	柯	oey	居					oen	津	oeng	香			oet	卒	oek	腳
i	衣	oi	愛	ou	澳			on	安	ong	喪			ot	渴	ok	惡
u	鳥			iu	腰	im	艷	in	燕	ing	英	ip	葉	it	熱	ik	適
y	於	ui	杯					un	碗	ung	空甕			ut	闊	uk	屋
								yn	冤					yt	月		

鼻韻：m 唔　ng 吳

聲調

以 1、2、3 代表陰平、陰上、陰去；
以 4、5、6 代表陽平、陽上、陽去；
以 7、8、9 代表陰入、中入、陽入。

聲母方面，部分學者或團體會用 z 代替 dz；用 c 代替 ts。

韻母方面，則用 yu 代替 y；用 yun 代替 yn；用 yut 代替 yt；用 eoi 代替 oey；用 eon 代替 oen；eot 代替 oet。

聲調方面，就用 1 代替第 7 聲；用 3 代替第 8 聲；用 6 代替第 9 聲。

誤讀字排行榜

雖說取消考核朗讀篇章的部分，但同學咬字發音仍須準確清楚，才能全取分數，以下列舉出 100 個最易讀錯的字音。

排名	字	正讀	配詞	錯讀	備注
1	我	ngo5	我們	o5	混淆聲母「ng」與零聲母
2	你	nei1	你們	李 lei5	混淆聲母「n」與「l」
3	年	nin4	年代	連 lin4	混淆聲母「n」與「l」
4	遏	壓 aat8	遏止（抑制）	揭 kit8	
5	廣	gwong2	廣闊	港 gong2	混淆聲母「gw」與「g」
6	嚮	向 hoeng3	嚮導、嚮往	享 hoeng2	誤讀聲調
7	能	nang4	能力	lang4	混淆聲母「n」與「l」
8	儘	準 dzoen2	儘管	盡 dzoen6	考試不宜讀「盡」
9	獷	廣 gwong2	粗獷	曠 kwong3	

51

排名	字	正讀	配詞	錯讀	備注
10	難	naan4	難免	欄 laan4	混淆聲母「n」與「l」
11	拮	潔 git8	拮据（缺少錢，境況窘迫）	吉 gat7	誤讀偏旁「吉」
12	納	naap9	納入	立 laap9	混淆聲母「n」與「l」
13	怒	nou6	憤怒	路 lou6	混淆聲母「n」與「l」
14	詡	許 hoey2	自詡（誇耀自己）	雨 jy5	誤讀偏旁「羽」
15	崇	sung4	崇拜	純 soen4	
16	隘	嗌 aai3/ngaai3	狹隘（狹窄）	益 yik7	誤讀偏旁「益」
17	樞	書 sy1	樞紐	拘 koey1	誤讀偏旁「區」
18	噩	岳 ngok9	噩耗（壞消息）	ngok8	誤讀聲調
19	說	碎 soey3	游說、說客、說服	雪 syt8（說話、說謊）	配詞異讀
20	迥	炯 gwing2	迥異（不同）	回 wui4	
21	偶	ngau5	偶然	au5	混淆聲母「ng」與零聲母
22	隅	如 jy4	一隅（一個角落）	偶 ngau5/預 jy6	誤讀近形字「偶」/「遇」
23	掖	翼 jik9	扶掖（提攜）	夜 je5	誤讀偏旁「夜」
24	敞	廠 tsong2	寬敞	躺 tong2	
25	衍	演 jin2/倪 jin5	衍生	顯 hin2（敷衍）	配詞異讀
26	忖	喘 tsyn2	思忖	寸 tsyn3	誤讀偏旁「寸」
27	泯	敏 man5	泯滅	文 man4	誤讀偏旁「民」

排名	字	正讀	配詞	錯讀	備注
28	濃	農 nung4	濃厚	龍 lung4	混淆聲母「n」與「l」
29	撓	錨 naau4/naau5	不屈不撓	laau2/naau2	混淆聲母「n」與「l」/誤讀聲調
30	拓	托 tok8	開拓	tsok8	
31	肘	找 dzaau2	捉襟見肘	就 dzau6/寸 tsyn3	
32	劾	瞎 hat9	彈劾（揭發罪狀）	害 hoi6	
33	怠	殆 toi5/代 doi6	怠惰	台 toi4	誤讀部件「台」
34	瞻	尖 dzim1	瞻前顧後	擔 daam1	誤讀近形字「擔」
35	拱	鞏 gung2	拱手相讓	攻 gung1	誤讀聲調
36	迢	條 tiu4	迢迢千里	韶 siu4	
37	浹	摺 dzip8	汗流浹背	甲 gaap8	誤讀偏旁「夾」
38	戈	gwo1	大動干戈	歌 go1	混淆聲母「gw」與「g」
39	糙	措 tsou3	粗糙	做 dzou6/灶 dzou3	誤讀偏旁「造」
40	偎	煨 wui1	依偎（親熱地靠着）	畏 wai3	誤讀偏旁「畏」
41	稠	籌 tsau4	稠密	條 tiu4/周 dzau1	
42	斂	臉 lim5/lim6	收斂	儉 gim6/nim5	
43	檻	艦 laam6	門檻	laam3	誤讀聲調
44	賅	該 goi1	言簡意賅（語言簡單而意思概括）	瞎 hat9/害 hoi6	

53

排名	字	正讀	配詞	錯讀	備註
45	閡	瞎 hat9	隔閡 （阻隔不通）	害 hoi6	
46	踵	總 dzung2	接踵而來	眾 dzung3	誤讀聲調
47	窘	困 kwan3	窘迫（窮困）	昆 kwan1/ 軍 gwan1	誤讀部件 「君」
48	酷	鵠 huk9	酷熱、殘酷	浩 hou6	
49	擴	廓 kwok8/ 抗 kong3	擴大	曠 kwong3	
50	憧	沖 tsung1	憧憬	同 tung4	誤讀偏旁 「童」
51	蹈	導 dou6	重蹈覆轍	滔 tou1	
52	女	noey5	婦女	鋁 loey5	混淆聲母 「n」與「l」
53	諾	nok9	諾言	落 lok9	混淆聲母 「n」與「l」
54	努	惱 nou5	努力	老 lou5	混淆聲母 「n」與「l」
55	坎	砍 ham2	坎坷、心坎	堪 ham1	誤讀聲調
56	糾	九 gau2	糾纏	抖 dau2	
57	緋	飛 fei1	緋聞	匪 fei2	誤讀聲調
58	渲	蒜 syn3/ 圈 hyn1	渲染	酸 syn1	誤讀偏旁 「宣」
59	捩	列 lit9	轉捩點	類 loei6	誤讀近形字 「淚」
60	塑	素 sou3	塑造	索 sok8	誤讀部件 「朔」
61	憩	氣 hei3	休憩	恬 tim5	
62	綜	眾 dzung3	綜藝、綜合	鐘 dzung1	誤讀偏旁 「宗」
63	熬	鰲 ngou4	煎熬	ou4	混淆聲母 「ng」與零 聲母

排名	字	正讀	配詞	錯讀	備注
64	緩	換 wun6	放緩、緩慢、緩衝	桓 wun4	誤讀聲調
65	恫	洞 dung6	恫嚇	同 tung4	誤讀偏旁「同」
66	惱	腦 nou5	煩惱	老 lou5	混淆聲母「n」與「l」
67	滓	紫 dzi2	渣滓	宰 dzoi2	誤讀偏旁「宰」
68	愈	遇 jy6	每況愈下	越 jyt9	誤讀口語
69	褫	此 tsi2	褫奪	遞 dai6	誤讀近形字「遞」
70	莠	有 jau5	良莠不齊	瘦 sau3	誤讀部件「秀」
71	愾	概 koi3	同仇敵愾	棄 hei3	誤讀偏旁「氣」
72	喙	誨 fui3	不容置喙（不容許插嘴）	啄 doek8	誤讀近形字「啄」
73	忡	匆 tsung1	憂心忡忡	頌 dzung6/鐘 dzung1	誤讀近形字「仲」/誤讀偏旁「中」
74	皂	做 dzou6	青紅皂白	灶 dzou3	誤讀聲調
75	勝	星 sing1	不勝負荷	聖 sing3（勝利）	配詞異讀
76	校	教 gaau3	調校、校對	效 haau6（校長）	配詞異讀
77	寧	獰 ning4	寧靜	零 ling4	混淆聲母「n」與「l」
78	恬	甜 tim4/簟 tim5	恬淡	括 kut8	誤讀近形字「括」
79	攏	壟 lung5	拉攏	龍 lung2（烏龍）	誤讀聲調
80	捷	截 dzit9	捷足先登	節 dzit8	誤讀聲調

排名	字	正讀	配詞	錯讀	備注
81	餒	女 noey5	氣餒	鋁 loey5	混淆聲母「n」與「l」
82	苗	啜 dzyt8	苗壯成長	絕 dzyt9	誤讀聲調
83	捋	劣 lyt9	揉捋	張 dzoeng1/醬 dzoeng3	
84	窖	教 gaau3	地窖	坳 aau3	
85	罈	談 taam4	酒罈（儲酒的容器）	情 tsing4	
86	倏	叔 suk7	倏忽之間（忽然）、倏地（迅速地）	條 tiu4	誤讀近形字「條」
87	飆	標 biu1	狂飆（急驟的暴風）	封 fung1	誤讀偏旁「風」
88	騁	逞 tsing2	馳騁（奔跑）	拼 ping3	誤讀近形字「聘」
89	謐	密 mat9	靜謐（寧靜）	奚 hai4	
90	謳	歐 au1/勾 ngau1	謳歌（歌頌）	區 koey1	誤讀偏旁「區」
91	垠	銀 ngan4	浩瀚無垠	根 gan1/痕 han4	誤讀近形字「根」
92	裊	鳥 niu5	裊裊煙雲	妙 miu5/衣 ji1	
93	匣	峽 haap9	話匣子	甲 gaap8	誤讀部件「甲」
94	矗	促 tsuk7	矗立	慫 sung2	
95	酣	含 ham4/咸 haam4	酒酣耳熱	金 gam1	誤讀偏旁「甘」
96	驀	默 mak9	驀然回首	務 mou6	
97	愣	玲 ling4/令 ling6	愣住（失神）	仿 fong2	
98	杳	秒 miu5	杳無人跡	了 liu5	

56

排名	字	正讀	配詞	錯讀	備註
99	犁	黎 lai4	犁鋤	離 lei4	
100	啻	次 tsi3	不啻（不只）	帝 dai3	誤讀部件「帝」

其他常讀錯的字

以下是其他常讀錯的字，同學試測試一下讀對了多少？

編號	字	正讀	配詞	錯讀	備註
101	沁	滲 sam3	滲人心脾	深 sam1	誤讀偏旁「心」
102	遒	囚 tsau4	遒勁	由 jau4	
103	竄	寸 tsyn3	逃竄	鼠 sy2	誤讀部件「鼠」
104	粼	鄰 loen4	波光粼粼	憐 lin4	誤讀近形字「憐」
105	弋	亦 jik9	枕弋待旦	戈 gwo1	誤讀近形字「戈」
106	喁	容 jung4	喁喁情話	偶 ngau5/如 jy4/預 jy6	
107	灶	dzou3	灶台	做 dzou6	誤讀聲調
108	匀	雲 wan4	匀稱	軍 gwan1	誤讀近形字「均」
109	皚	宜 ji4 藹 ngoi2/呆 ngoi5	皚皚	海 hoi2	

編號	字	正讀	配詞	錯讀	備注
110	卉	毀 wai2	奇花異卉	偉 wai5	誤讀聲調
111	叟	手 sau2	童叟（老人）無欺	收 sau1/秀 sau3	誤讀聲調
112	宿	秀 sau3	星宿	叔 suk7（宿舍）	配詞異讀
113	霎	saap8	霎時	saap9	誤讀聲調
114	塋	形 jing4	祖塋（祖先墳地）	土 tou2	
115	黝	幼 jau3	黑黝黝	休 jau1/柚 jau2/由 jau4	誤讀聲調
116	蛻	退 toey3/歲 soey3	蛻皮	對 doey3	誤讀偏旁「兌」
117	逶	威 wai1	逶迤（形容道路、山脈、河流等彎彎曲曲，延續不絕）	毀 wai2	誤讀偏旁「委」
118	迤	宜 ji4/以 ji5	逶迤（形容道路、山脈、河流等彎彎曲曲，延續不絕）	拖 to1/師 si1	誤讀近形字「拖」/「施」
119	鏤	漏 lau6	鏤刻	柳 lau5	誤讀聲調
120	囿	右 jau6	不囿（不局限）	幼 jau3/有 jau5	誤讀聲調
121	拈	nim1	拈花惹草	占 dzim1	誤讀偏旁「占」
122	憨	堪 ham1	憨厚（樸實厚道）	敢 gam2/砍 ham2	誤讀部件「敢」/誤讀聲調
123	涮	傘 saan3	洗涮	擦 tsat8	誤讀偏旁「刷」
124	娘	noeng4	姑娘	涼 loeng4	混淆聲母「n」與「l」
125	拂	忽 fat7	輕拂	罰 fat9	誤讀聲調
126	頰	夾 gaap8	雙頰	狹 haap8	

編號	字	正讀	配詞	錯讀	備注
127	赫	克 hak7/ haak7	赫然	客 haak8	
128	獃	daai4/ 呆 ngoi4	獃子（遲鈍的人）	海 hoi2	
129	愜	歉 hip8	愜意（滿足）	狹 haap8/ 甲 gaap8	
130	搓	初 tso1	搓揉	猜 tsaai1	誤讀口語
131	岫	就 dzau6	遠岫（遠處山巒）	由 jau4	誤讀偏旁「由」
132	樂	岳 ngok9	音樂	lok9（快樂）	配詞異讀
133	礁	招 dziu1	觸礁（本作航行中碰上礁石，比喻陷入危險的境地）	瞧 tsiu4	
134	葷	芬 fan1	葷菜	雲 wan4/ 君 gwan1	誤讀近形字「暈」/「軍」
135	燁	業 jip9	火光燁燁	華 waa4	誤讀偏旁「華」
136	南	男 naam4	華南	藍 laam4	混淆聲母「n」與「l」
137	臥	餓 ngo6	躺臥	o6	混淆聲母「ng」與零聲母
138	藪	手 sau2	淵藪（人或物聚集之地）	秀 sau3/ 掃 sou3	誤讀聲調 / 誤讀部件「數」
139	靛	電 din6	靛藍（深藍色）	定 ding6	誤讀偏旁「定」
140	蹇	gin2	蹇滯（不順利）	促 tsuk7/ 捉 dzuk7	誤讀部件「足」
141	覷	翠 tsoey3	面面相覷（你看我，我看你，形容大家因驚懼或無可奈何而相望不說話）	虛 hoey1	誤讀偏旁「虛」

編號	字	正讀	配詞	錯讀	備註
142	巍	危 ngai4	巍然	毅 ngai6	誤讀部件「魏」
143	槐	waai4	槐樹	快 faai3	誤讀近形字「傀」
144	撻	達 taat8	鞭撻（鞭打，比喻抨擊）	達 daat9	誤讀部件「達」
145	韭	九 gau2	韭菜	非 fei1	誤讀部件「非」
146	咽	噎 jit8	哽咽	煙 jin1（咽喉）	配詞異讀
147	怵	卒 dzoet7	怵然	術 soet9	
148	晷	鬼 gwai2	日晷（古代用來觀測日影以定時刻的儀器）	規 kwai1/啟 kai2	
149	戍	恕 sy3	戍守	冒 mou6/貿 mau6/恤 soet7	誤讀近形字「戊」/「茂」/「戌」
150	驛	翼 jik9	驛站（古代傳遞政府文書的人中途更換馬匹或休息住宿的地方）	澤 dzaak9	誤讀近形字「澤」
151	衢	渠 koey4	通衢（四通八達的大路）	街 gaai1/懼 goey6	誤讀近形字「街」/「懼」
152	畦	蔡 kwai4	畦陌（田間的道路）	娃 waa1/龜 gwai1	誤讀近形字「娃」/誤讀偏旁「圭」
153	佇	柱 tsy5	佇立	丁 ding1/零 ling4	
154	摀	滸 wu2	摀着（掩着）	五 ng5/吾 ng4	誤讀偏旁「吾」
155	膩	餌 nei6	油膩	利 lei6	混淆聲母「n」與「l」

編號	字	正讀	配詞	錯讀	備注
156	兀	迄 ngat9	突兀	at9	混淆聲母「ng」與零聲母
157	戕	牆 tsoeng4	戕害（殘害）	撞 dzong6	誤讀近形字「狀」
158	皈	歸 gwai1	皈依（泛指虔誠地信奉佛教或參加其他宗教組織）	飯 faan6/反 faan2	誤讀偏旁「反」
159	泥	nai4	黃泥	黎 lai4	混淆聲母「n」與「l」
160	瞅	醜 tsau2	瞅見（望見）	抽 tsau1	誤讀近形字「秋」
161	瞥	撇 pit8	瞥見（驟然看見）	閉 bai3/幣 bai6	誤讀部件「敝」
162	擘	maak8	擘開（用手把東西分開或折斷）	擎 king4/劈 pek8	
163	岩	巖 ngaam4	岩石	aam4	混淆聲母「ng」與零聲母
164	坍	灘 taan1	坍倒（倒塌）	單 daan1	誤讀偏旁「丹」
165	餚	肴 ngaau4	餚饌（豐盛的飯菜）	aau4	混淆聲母「ng」與零聲母
166	娑	疏 so1	樹影婆娑	沙 saa1	誤讀部件「沙」
167	饗	享 hoeng2	饗客（以酒食款待客人）	香 hoeng1	誤讀部件「鄉」
168	匐	服 fuk9/白 baak9	匍匐（身體貼地爬行）	負 fu6	
169	馱	駝 to4	馱運（用背負載）	帶 daai3	
170	愴	創 tsong3	悲愴	蒼 tsong1	誤讀偏旁「倉」

編號	字	正讀	配詞	錯讀	備注
171	盎	安 on1/ong3	盎然（洋溢）	央 joeng1	誤讀部件「央」
172	訛	ngo4	以訛傳訛	o4	混淆聲母「ng」與零聲母
173	忸	紐 nau2	忸怩（形容不好意思或不大方的樣子）	lau2	混淆聲母「n」與「l」
174	迭	秩 dit9	迭起（一次又一次地出現）	日 jat9	誤讀近形字「佚」
175	眺	跳 tiu3	眺望	挑 tiu1	誤讀聲調
176	蹊	兮 hai4	蹊徑（小路）	溪 kai1	誤讀近形字「溪」
177	刊	看 hon1	月刊	侃 hon2	誤讀聲調
178	漪	依 ji1	漣漪	倚 ji2	誤讀聲調
179	絢	勸 hyn3	絢麗	筍 soen1	
180	愉	餘 jy4	歡愉	預 jy6	誤讀聲調
181	霾	埋 maai4	陰霾	漓 lei4	誤讀近形字「貍」
182	嫵	武 mou5	嫵媚	毛 mou4/苦 fu2	誤讀偏旁「無」/誤讀近形字「撫」
183	媚	未 mei6	嫵媚	微 mei4	誤讀偏旁「眉」
184	擬	己 ji5	模擬試、擬定	兒 ji4	誤讀聲調
185	牙	芽 ngaa4	牙齒	aa4	混淆聲母「ng」與零聲母
186	雅	瓦 ngaa5	典雅	aa5	混淆聲母「ng」與零聲母

編號	字	正讀	配詞	錯讀	備注
187	危	霓 ngai4	危險	ai4	混淆聲母「ng」與零聲母
188	麾	輝 fai1	麾下	眉 mei4	誤讀近形字「糜」
189	弭	米 mai5/尾 mei5	消弭	餌 nei6	誤讀近形字「餌」
190	蹲	全 tsyn4/敦 doen1	蹲下	樽 dzoen1/專 dzyn1	誤讀偏旁「尊」
191	簇	速 tsuk7	花團錦簇	族 dzuk9	誤讀部件「族」
192	覬	寄 gei3	覬覦（希望得到）	起 hei2/海 hoi2	
193	覦	如 jy4	覬覦	遇 jy6	誤讀聲調
194	偌	夜 je6	偌大	藥 joek9/野 je5	誤讀偏旁「若」
195	橘	骨 gwat7	橘子	桔 gat7	混淆聲母「gw」與「g」
196	那	naa5	剎那	laa5	混淆聲母「n」與「l」
197	喧	圈 hyn1	喧嘩	酸 syn1	誤讀偏旁「宣」
198	悌	第 dai6	孝悌	替 tai3	
199	狩	秀 sau3	狩獵	手 sau2	誤讀偏旁「守」
200	黯	闇 am2	黯淡	暗 am3	誤讀聲調

38 個
文學及文化
關鍵詞例解說

文學及文化知識重點提示

　　或許有同學會問：「**為甚麼考中文科文憑試，要同時認識文學和文化知識？」這可從理論和實際情況兩方面來看**。先說理論，《中國語文課程及評估指引（中四至中六）》明言：「本科課程要均衡兼顧語文的工具性和人文性，要全面提高學生的語文素養；學習內容包括閱讀、寫作、聆聽、說話、文學、中華文化、品德情意、思維和語文自學九個學習範疇，讓學生通過學習祖國語文，提升語文應用、審美、探究、創新的能力，養成良好的國民素質，認同國民身份，承傳民族文化。」又說：「本科與中國文學科同是中國語文學習領域中的科目，二者關係密切。中國語文科中，文學範疇的學習讓學生具備一定的文學素養，為學生修讀中國文學科奠下基礎。」、「文化是語文的重要構成部分，認識文化有利溝通，也有利於文化承傳。語文學習材料蘊含豐富文化元素，文化學習和語文學習可以同時進行。」從實際情況看，**2012 年的中文科文憑試練習卷及文憑試各考卷中，皆滲入不少中國文學、文化的知識，甚至要求考生加以評價**。由此可見，同學如能對中國文學及文化有扼要的理解，有助提升同學的中文科成績。

　　這亦是本部分的撰寫目的，希望能深化同學的文學及文化知識，增進應試能力。

文學及文化關鍵詞例

《詩經》

淺釋

《詩經》原本叫《詩》，是**中國最早的詩歌總集**，大抵是周初（公元前十一世紀）到春秋中葉（公元前六世紀）期間的作品，約有詩歌三〇五首，因此又稱「詩三百」，從漢朝起儒家將其奉為經典，定尊為《詩經》。

分類

《詩經》有「**詩六義**」之說，**六義是指「風、雅、頌、賦、比、興」**。前三者是「詩之體」，即內容體裁；後三者是「詩之用」，指詩的作法技巧。

（1）風

「風」本是樂曲的統稱，又稱「國風」。《詩經》共有十五國風，包括《周南》、《召南》、《邶》等，共一六〇篇。國風是當時當地流行的歌曲，帶有地方色彩。從內容上說，大多數是民間詩歌。

（2）雅

「雅」共一〇五篇，分為《大雅》三十一篇和《小雅》七十四篇。《小雅》為宴請賓客之音樂，《大雅》則是國君接受臣下朝拜，陳述勸誡的音樂。「雅」多數是朝廷官吏及公卿大夫的作品，有小部分是民間詩歌，因此「雅」又可以指貴族官吏詩歌。其內容幾乎與政治有關，有讚頌好人好政的，也有諷刺弊政的。

（3）頌

「頌」是指貴族在家廟中祭祀，或讚美治者功德的樂曲，故此「頌」可指宗廟祭祀的詩歌，在演奏時要配以舞蹈。頌分為《周頌》、《魯頌》和《商頌》，共四十篇。

（4）賦

「賦」是詩經的表現手法之一。「賦者，敷陳其事而直言之者也」，即「鋪陳直敘」的意思，例如直接描述一件事情的經過，「賦」這種表現手法多見於《頌》和《大雅》。

（5）比

「比者，以彼物比此物也」，即是「託物擬況」，用一件事物比喻另一件事物。以現代修辭手法來說，即是比喻法。例如在《魏風·碩鼠》中，詩人用可惡的老鼠比喻統治者的貪婪。

（6）興

「興者，先言他物以引起所詠之詞也」。「興」是指「託物起興」，是從一件事物聯想到另外一件事物的意思。以現代修辭手法來說，即是聯想。例如在《周南·桃夭》中，詩人從「桃之夭夭，灼灼其華」聯想到新娘出嫁時的美貌有如桃花盛放。

例子

碩鼠碩鼠，無食我黍！三歲貫女，莫我肯顧。

逝將去女，適彼樂土；樂土樂土，爰得我所。

碩鼠碩鼠，無食我麥！三歲貫女，莫我肯德。

逝將去女，適彼樂國；樂國樂國，爰得我直。

碩鼠碩鼠，無食我苗！三歲貫女，莫我肯勞。

逝將去女，適彼樂郊；樂郊樂郊，誰之永號？

——《詩經·魏風·碩鼠》

白話語譯

大老鼠啊大老鼠，不要再吃我的黍子了！

供養了你三年，從來不對我有所關顧。

我發誓要離開了，找一片樂土。

樂土啊樂土，那是我平安的住處。

大老鼠啊大老鼠，不要再吃我的麥子了！

供養了你三年，從來不對我感謝。

我發誓要離開了，找一個快樂的國度。

樂國啊樂國，那是我安身的角落。

大老鼠啊大老鼠，不要再吃我的穀苗了！

供養了你三年，從來不會安慰我。

我發誓要離開了，找一處快樂的荒郊。

樂郊啊樂郊，那裏不會有人的哭號。

提示

　　此詩是中國文學科舊課程的指定篇章，更是《詩經》國風的代表作品。詩人以大老鼠比喻貪得無厭的統治者，全詩具有強烈的諷刺意義。所謂「飢者歌其食，勞者歌其事」，詩人希望在上者引以為鑑，管治國家時以民為本。這首詩歌在結構上體現了民歌重章疊句、迴旋往復的特徵，一唱三歎，饒有餘味。

重要度

複沓

「複沓」又叫「複疊」、「重章疊句」，是詩歌的一種表現手法，也是《詩經》章法上的一個重要特點，即各章的句法基本相同，中間只更換相應的幾個字，反復詠唱。這種表現手法的作用在於加深讀者的印象、渲染詩歌的氣氛、深化詩歌的主題、增強詩歌的音樂性和節奏感，使詩人的感情盡情抒發。

例子

見上例《詩經・魏風・碩鼠》

提示

現代流行曲中不乏重章疊句的結構，重複的部分看似沒添加意義，但對整首歌／詩的「母題」（主旨）起了強調、深化的作用。

重要度

★ ★ ★ ☆ ☆

《楚辭》

淺釋

《楚辭》是南方文學總集的代表，為《詩經》之後重要的詩歌總集，與《詩經》並稱「詩騷」。《楚辭》的創作年代為戰國，主要收錄楚國的

詩歌。**「楚辭」的代表作家有屈原、宋玉等人**。「楚辭」一名，最早見於《史記》，及至漢成帝時，劉向蒐集屈原、宋玉等楚人的作品以及漢人的仿作共十六篇（其後王逸增為十七篇），編輯成書，名為《楚辭》。在漢代及以後歷代，出現了大量模擬屈、宋等人作品的風格和形式的詩歌，作者不一定是楚人，但其作品也稱為「楚辭」。

特點

（1）長短句

各篇篇幅長短不一，主要以參差句式抒情，字數由二、三言到十言不等，以四、五、六言句式為主。又因屈原的代表作〈離騷〉運用了大量參差句式，此句式後來遂被稱為「騷體」。

（2）濃厚的地方色彩

宋代黃伯思曾言：「屈、宋諸騷，皆書楚語、作楚聲、紀楚地、名楚物，故可謂之楚辭。」意思是《楚辭》作品運用楚地音韻、加入「兮」、「羌」、「些」等楚地方言，記錄楚地地名和楚地之物。

（3）浪漫風格

《楚辭》善於運用神話與歷史傳說，使詩歌內容充滿想像。例如常借香草美人為喻，表現詩人對理想的執着追求。這種寫作風格亦成為中國浪漫主義詩歌之先河。

例子

入溆浦余儃佪兮，迷不知吾所如。深林杳以冥冥兮，猿狖之所居。山峻高以蔽日兮，下幽晦以多雨。霰雪紛其無垠兮，雲霏霏而承宇。哀吾生之無樂兮，幽獨處乎山中。吾不能變心而從俗兮，固將愁苦而終窮。

——屈原《楚辭・九章・涉江》

白話語譯

進入漵浦，我心裏感到迷惘躊躇，茫茫然不知該到何處去。幽深的樹林顯得份外陰暗，這地方原是猿猴的住處。山勢高峻，擋住了陽光；山下終日陰暗，多霧多雨。此時雪花紛飛，茫無邊際；雲霧瀰漫，連接簷間。可歎我平生沒有歡樂，只能在山中忍受着孤獨寂寞。然而我不能改變心志隨波逐流，潦倒窮愁、終生落魄是可想而知的了。

屈原於此段描寫「深林」、「猨狖所居」的陰森環境，又寫「幽雨」、「霰雪」、「無垠」、「雲霏霏而承宇」等景象，構成抑鬱苦悶的氛圍，配合他失意被逐的悲哀和志向的堅定，起了情景交融的效果。從這種「觸景生情」的表現手法，可見《楚辭》的浪漫風格。

提示

《楚辭》與《詩經》在形式上的差異可簡述如下：

	《楚辭》	《詩經》
地方色彩	南方文學代表，流行於長江流域。	北方文學代表，主要圍繞黃河流域。
寫作特色	多寫神話，近於浪漫主義。	多寫人事，近於寫實主義。
作者背景	貴族文人	平民居多
作品形式特點	· 五、六、七言句較多；句子長短不一，平均較長。 · 較少重章疊句 · 常用「兮」字 · 常以「亂」（樂曲的末章，移於文章，一般有總結全文的作用）作結。	· 四言句較多；句子長短較一致，平均較短。 · 較多重章疊句 · 偶爾用「兮」字 · 篇末沒有「亂」

重要度

★★☆☆☆

雙聲疊韻

淺釋

「雙聲」即一詞中兩字用同一聲母。例如：琵 [pei] 琶 [pa] 同用 [p]
這個聲母；玲 [ling] 瓏 [lung] 同用 [l] 這個聲母。

「疊韻」即一詞中兩字用同一韻母。例如：落 [lok] 魄 [pok] 同用 [ok]
這個韻母；蕭 [siu] 條 [tiu] 同用 [iu] 這個韻母。

提示

雙聲疊韻的作用是使音調更鏗鏘悅耳，節奏分明。屈原的作品每以雙
聲疊韻和「兮」字來調節音韻，讓音調隨情感而變化多樣。

重要度

★ ★ ★ ☆ ☆

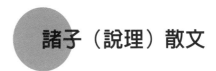

諸子（說理）散文

淺釋

春秋戰國時期，周王室地位衰微，諸侯國交戰征伐，而士人在各
國游說，宣揚自己的主張。把自己的主張落諸筆墨，就是諸子散文。
不同的學術流派有不同的政治觀點，其中最重要的是儒家、墨家、道
家和法家。

《論語》、《孟子》、《荀子》、《莊子》、《韓非子》

提示

諸子或勸導統治者，或宣揚學說，同學閱讀時除理解其學說思想，同時應多留意作品中的游說、議論手法。

重要度

★ ★ ★ ☆ ☆

儒家思想

淺釋

儒家認為「仁」、「義」乃人性的根本，提倡發揚善端，以仁治國。其中以「仁」為學說的核心，重視人與人之間的倫理關係；政治上則「以人為本」，提倡統治者行「仁政」、「王道」；個人方面則重品德修養，以成為「君子」、「聖人」為目標。漢武帝獨尊儒術，使其成為中國數千年的文化思想主流。

代表人物

孔子、孟子、荀子

提示

除了重人的發展，儒家思想亦重視人與自然的關係，「天人合一」更是儒者追求的境界。所謂「天人合一」，大抵就是指人通過修養品性，做

到明萬物之真諦、達至聖之境。

重要度

★ ★ ★ ☆ ☆

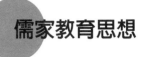

儒家教育思想

淺釋

儒家的教育思想基本上就是孔子的教育思想，在中國教育史上影響深遠。孔子認為教育的目的是培養修己安人的士或君子。到了孟子，他提出教育的目的在於明白人倫秩序：「父子有親、君臣有義（現在可理解為上司與下屬）、夫婦有別、長幼有序、朋友有信」（《孟子‧滕文公上》）。儒家重視德育（「志於道，據於德」），也**注重生活上的學習指導，其終極關懷是盼望學子能學以致用，推己及人**。「大學之道，在明明德，在親民，在止於至善」，簡言之，就是提升修養與學問，然後貢獻社會。

特點

儒家教育思想的特點可簡述如下：

（1）有教無類

教育學生，不以族類、貴賤、年齡等為限制。朱熹《論語集注》說：「教之則善，本無類也……君子有教，則人皆可以復於善，而不當復論其類之惡矣。」

（2）因材施教

針對學生的不同學習特點及性格，結合實際情況予以教育。正如孔

子所說：「中人以上，可以語上也；中人以下，不可以語上也。」

（3）德才兼備

品德要高尚，知識要淵博，兩者相輔相成。正如《論語‧子路》中所指：「其身正，不令而行；其身不正，雖令不從。」

（4）尊師重道

此乃知識德行的根本，盼望學生飲水思源，正所謂「師嚴然後道尊，道尊然後民知敬學」。

（5）教學相長

在教學過程中，老師與學生互相學習，共同提升。正如《禮記‧學記》所指：「是故學然後知不足，教然後知困。知不足，然後能自反也；知困，然後能自強也。故曰教學相長也。」

（6）學以致用

不空喊口號，必須將已知的道理應用於實際生活。《論語‧學而》中說：「學而時習之，不亦說乎？」「習」，就是篤行、應用的意思。

提示

同學約略認識儒家的教育思想，有助了解中國文化的理念。寫作時，亦可偶引名人名言、名篇要語，加強文章的說服力，增添文采。

重要度

《論語》

淺釋

《論語》是儒家經典之一，為孔子門人所作，大約成書於戰國初年。直到南宋，朱熹把《論語》、《孟子》、《大學》、《中庸》並列為「四書」。**《論語》記錄孔子（公元前 551 至公元前 479 年）與弟子的談話及行事，從中呈現了孔子的政治、教育及經濟等思想，是一部典型的語錄體散文**。《論語》分二十篇，一般以第一章開首的兩個字或三個字作篇名，例如第一篇第一章第一句是「學而時習之」，該篇即以「學而」為名。

特點

《論語》的內容形式為師生之間的問答，話題圍繞日常生活，讀來倍感親切。《論語》反映了孔子與學生良好的師生關係，包括弟子尊師重道，老師有教無類、因材施教，這恰與現代社會的師生關係成一對比，令人深思。同一個問題，出自不同的學生，孔子的回答並不一樣，因為學生的才性不同，「過（過份），則退之；不及（沒有自信），則進之」。孔子因材施教，達到極佳的教育效果，萬世師表，殊非過譽。

例子

（1）子貢問君子。子曰：「先行其言，而後從之。」

——《論語・為政》

（2）司馬牛問君子。子曰：「君子不憂不懼。」

——《論語・顏淵》

白話語譯

（1）子貢問怎樣才是君子。孔子說：「先實行想說的內容，然後才說出來。」

（2）司馬牛問怎樣才是君子。孔子說：「君子不憂慮，不恐懼。」

不同學生請教孔子要怎樣才稱得上君子，孔子回以不同的答案，這是因材施教的方法，因應學生的不同才能和性格，給予不同的點撥。

提示

《論語》並非孔子所作，《孟子》則是孟子所作。

重要度

道家思想

淺釋

道家尚「道」，認為道法自然。道家思想中，「道」是萬物本源，人應該順應自然，不必致力改變，一切人為之事物皆偽。政治上主張無為而治，清淨自守，與儒家積極救世的思想大相逕庭。

代表人物

老子、莊子

提示

西漢初年，漢文帝、漢景帝以道家思想治國，使經歷秦朝苛政的人

民得以休養生息，史稱「文景之治」。

重要度

★ ★ ★ ☆ ☆

墨家思想

淺釋

墨家反對階級主義，提倡人人平等的「兼愛」思想，墨家主張愛無等差。在政治上，認為應由賢人主持，又認為「以人合天」，即「尚同於天」。而戰爭對天下有害無利，故倡「非攻」。主張節儉，故倡「非禮」、「非樂」。墨者多來自社會下層，以「興天下之利，除天下之害」為目的，重視實踐。

代表人物

墨子

提示

儒墨同為春秋戰國時期顯學，當時有「不入於儒，即入於墨」之說。先秦時期，儒、墨兩家曾是分庭抗禮。戰國後期，墨學的影響一度在孔學之上。

重要度

★ ★ ★ ☆ ☆

法家思想

淺釋

法家認為人重私利，故提倡嚴刑峻法以駕馭人民。西漢太史司馬談在〈論六家要旨〉中就說：「法家不別親疏，不殊貴賤，一斷於法。」意思是法家不重人情，一切以律令為依歸。「法」、「術」、「勢」三者是法家的主要策略，「法」是指人民必須遵守的法令，「術」是君主駕馭臣民的手段，「勢」是指君主必須強勢領導，權力不輕易下放。

代表人物

李悝（音：灰）、吳起、商鞅、韓非

提示

韓非主張「刑過不避大臣，賞善不遺匹夫」，臣民無分貴賤，都受律令約束，賞罰分明，容易令人民信服。但過度施行嚴刑峻法，使「親親尊尊之恩絕矣」，就未必能達到預期效果，故在法理與人情之間，應盡量求取平衡。

重要度

★ ★ ★ ☆ ☆

附：儒、道、墨、法四家學說簡表

	儒	道	墨	法
代表人物	孔子、孟子、荀子	老子、莊子	墨子	商鞅、韓非、李斯
代表著作	《論語》、《孟子》、《荀子》	《老子》、《莊子》	《墨子》	《商君書》、《韓非子》
精神	積極、入世	逍遙、達觀	救世	統治手法、技術
學說主要內容	仁、禮	道	兼愛、非攻、節用、節葬	法、術、勢、尚法治、重刑名
道德主張	重倫理道德、提倡仁義	無為、復返自然、追求本性	兼愛、非攻	以法治人
政治主張	推行仁政、德治及禮治	清淨自守、無為而治	尚同、尚賢、反對貴族奢靡腐化	加強君權、利用法、術、勢統治
教育主張	有教無類、因材施教	減少人為之學	培養「兼士」、強力而行	以「法」齊民、以「法」教心
對自然的態度	對鬼神敬而遠之、重視天人合一	順應自然、去人慾	尚天、非命、明鬼、重實利	利用自然
理想社會	恢復西周封建禮樂制度	建立「小國寡民」的原始社會	創建平等博愛的大同社會	創立中央集權的君主專制制度
希望解決的問題	如何才能重建社會秩序	如何才能得到真正自由	如何才能提高人民生活水平	如何才能使君主有絕對權力

歷史（敘事）散文

淺釋

　　有別於諸子（說理）散文，歷史（敘事）散文以記錄事件或人物言行為主，反映一時一貌。歷史（敘事）散文的類型主要有三，以人物生平事跡排序的紀傳體、以時間發展先後記錄的編年體、以國家為分類方式的國別體。

例子

　　《春秋》、《左傳》、《戰國策》、《史記》、《漢書》

提示

　　歷史（敘事）散文着重描寫人物，當中可見不少描寫人物的手法；記事又會因應事件的重要程度而作詳略剪裁，故其文章結構同樣要注意。

重要度

★ ★ ★ ☆ ☆

《左傳》

淺釋

　　《左傳》是一部編年體史書，**記載春秋時代的史實**，相傳是魯國人左丘明所作，**故事內容按魯國年份記載，由魯隱公元年（公元前 722 年）**

到魯哀公二十七年（公元前 467 年）。《左傳》是簡稱，原名為《左氏春秋》，是解說春秋的「傳」，故又稱為《春秋左氏傳》。它與《春秋公羊傳》、《春秋穀梁傳》合稱為「春秋三傳」。

例子

　　十年春，齊師伐我，公將戰。曹劌請見，其鄉人曰：「肉食者謀之，又何間焉？」劌曰：「肉食者鄙，未能遠謀。」乃入見。問：「何以戰？」公曰：「衣食所安，弗敢專也，必以分人。」對曰：「小惠未偏，民弗從也。」公曰：「犧牲玉帛，弗敢加也，必以信。」對曰：「小信未孚，神弗福也。」公曰：「小大之獄，雖不能察，必以情。」對曰：「忠之屬也，可以一戰。」

——《左傳‧莊公十年》

白話語譯

　　魯莊公十年的春天，齊國軍隊攻打我（魯）國。魯莊公將要出兵應戰，曹劌請求莊公接見他。他的鄉鄰說：「做大官的人會謀劃這件事，你又何必參與呢？」曹劌說：「做大官的人見識短淺，不能深謀遠慮。」於是他便入朝見莊公。曹劌問莊公：「您憑甚麼與齊國對戰？」莊公說：「衣食一類安身物品，我不敢獨自享用，必定會分一些給別人。」曹劌說：「這種小恩小惠沒有遍及每個人，老百姓是不會跟從你去作戰的。」莊公說：「祭祀用的牛羊、寶玉和絲綢，我不敢誇大數目，一定忠實誠信。」曹劌回答：「這種小信不足以使鬼神信任，鬼神是不會賜福給你的。」莊公說：「大大小小的案件，雖然不能一一了解得很清楚，但一定會誠心去處理。」曹劌說：「這是盡心盡力為民辦事的表現，可以憑這個與齊國打仗了。」

　　《左傳》原文無篇目，上述例子是後人熟悉的〈曹劌論戰〉，而文題「曹劌論戰」為後人所加。文章記述了齊魯長勺之戰的情況。曹劌知道齊

國攻打魯國，主動請見莊公，與莊公討論戰爭最重要的條件，並與莊公一起迎戰齊師。最後，魯國在曹劌的策劃指揮下，以弱勝強，打敗了齊國的軍隊。〈曹劌論戰〉屬記敍文，篇幅短小，文字精煉，記敍文的時、地、人、事等元素清楚俐落地包含其中，充分表現《左傳》記言精煉、敍事生動的特色。其他諸如對話運用、客觀敍事、詳略分明、全知角度等寫作手法，都能反映《左傳》的歷史散文的藝術特色。

提示

在歷史散文的地位上，《左傳》是前承《尚書》、《春秋》，而後啟《戰國策》、《史記》的重要橋樑，對後世的史學、散文和小說影響深遠。《左傳》、《史記》等敍事散文，常被選為公開考試閱讀理解之考核篇章，多了解其特徵，定必有助同學答題。

重要度

★ ★ ☆ ☆ ☆

《史記》

淺釋

《史記》是西漢時期歷史學家司馬遷編寫的中國首部紀傳體通史。書中記載了上自上古傳說中的黃帝時代，下至漢武帝元狩元年，共三千多年的歷史。全書包括十二本紀、三十世家、七十列傳、十表、八書，共一三〇篇，五十二萬六千五百餘字。

　　噲曰：「此迫矣！臣請入，與之同命。」噲即帶劍擁盾入軍門。交戟之衛士欲止不內。樊噲側其盾以撞，衛士仆地，噲遂入，披帷西向立，瞋目視項王，頭髮上指，目眥盡裂。項王按劍而跽曰：「客何為者？」張良曰：「沛公之參乘樊噲者也。」項王曰：「壯士！賜之卮酒。」則與斗卮酒。噲拜謝，起，立而飲之。項王曰：「賜之彘肩。」則與一生彘肩。樊噲覆其盾於地，加彘肩上，拔劍切而啗之。項王曰：「壯士！能復飲乎？」樊噲曰：「臣死且不避，卮酒安足辭！夫秦王有虎狼之心，殺人如不能舉，刑人如恐不勝，天下皆叛之。懷王與諸將約曰『先破秦入咸陽者王之』。今沛公先破秦入咸陽，毫毛不敢有所近，封閉宮室，還軍霸上，以待大王來，故遣將守關者，備他盜出入與非常也。勞苦而功高如此，未有封侯之賞，而聽細說，欲誅有功之人，此亡秦之續耳。竊為大王不取也！」項王未有以應，曰：「坐。」

——司馬遷〈鴻門宴〉（節錄）

白話語譯

　　樊噲說：「這太危急了，請讓我進去，跟他同生死。」於是樊噲拿着劍，持着盾牌，衝入軍門。持戟交叉守衛軍門的衛士想阻止他進去，樊噲側過盾牌撞去，衛士跌倒在地上，樊噲就進去了，掀開帷帳朝西站着，瞪着眼睛看項王，頭髮直豎起來，眼角都裂開了。項王握着劍挺起身問：「客人是幹甚麼的？」張良說：「是沛公的參乘樊噲。」項王說：「壯士！賞他一杯酒。」左右就遞給他一大杯酒，樊噲拜謝後，起身，站着把酒喝了。項王又說：「賞他一條豬腿。」左右就給了他一條生的豬腿。樊噲把他的盾牌翻過來放在地上，把豬腿放在盾牌上，拔出劍來切着吃。項王說：「壯士！還能喝酒嗎？」樊噲說：「我死都不怕，一杯酒有甚麼可推辭的？秦王有虎狼一樣的心腸，殺人唯恐不能殺盡，懲罰人唯恐不能用盡酷刑，所

以天下人都背叛他。懷王曾和諸將約定：『先打敗秦軍進入咸陽的人封作王。』現在沛公先打敗秦軍進了咸陽，一點兒東西都不敢動用，封閉了宮室，軍隊退回到霸上，等待大王到來。特意派遣將領把守函谷關的原因，是為了防備其他盜賊出入和意外變故。這樣勞苦功高，沒有得到封侯的賞賜，反而聽信小人的讒言，想殺有功的人，這只是滅亡了的秦朝的繼續罷了。我以為大王不應該採取這種做法。」項王沒有話回答，說：「坐。」

《史記》本無此目，文題為後人所加。選段記錄了樊噲入帳為劉邦解釋入咸陽一事，不但突顯了樊噲的口才，對行為的描寫也顯出其粗豪勇武的性格。另一方面，項羽雖發言不多，但也能反映其自大、欣賞豪傑等形象。人物形象鮮明、描寫手法多變，此乃紀傳體散文的特徵。

提示

《史記》除了開創紀傳體記事的方法，還承《楚辭》之「亂曰」，於記事之外加上作者對所記述的史實的評價，並以祖父之職為名寫下「太史公曰」，開創品評歷史之先河。內容精簡、靈活、寓意深長，影響深遠。

重要度

樂府詩

淺釋

樂府詩是一種入樂的詩歌，因來自樂府官署而得名。樂府本為漢武帝所設的音樂部門，負責製作及採集、整理各地民間俗樂、歌辭，以用於朝

廷典禮和宴會。這些樂章、歌辭後來被稱為「樂府詩」，**成為繼《詩經》、《楚辭》而起的一種新詩體**。樂府詩根據入樂情況和所配曲調的不同，可分為貴族的朝會祭祀樂章、歌功頌德的郊廟歌、用於軍旅征伐和田獵出巡的鼓吹曲、橫吹曲以及來自漢族各地的俗樂：相和歌、清商曲、雜曲等。在芸芸樂府詩中，來自漢族各地的俗樂數量眾多，題材廣泛，藝術性也較高。

特點

樂府詩的特點可簡述如下：

（1）**有專用的詩題**：例如「歌」、「行」、「吟」、「曲」等，如〈隴頭歌〉、〈東門行〉、〈白頭吟〉、〈西洲曲〉。

（2）**有固定的曲調**：例如〈隴頭歌〉屬橫吹曲，〈白頭吟〉屬清商曲中的楚調曲，〈西洲曲〉屬於雜曲。

（3）**大多無固定句數**：句中亦無固定字數，以雜言為主，多用口語，通俗生動。

（4）**押韻自由多樣**：五言多隔句韻，如辛延年的〈羽林郎〉；七言多連句韻，如曹丕的〈燕歌行〉；四言的〈觀滄海〉，四句才押一個韻；而曹操的〈精列〉、〈氣出唱〉等，甚至全篇不押韻。

（5）**不講究平仄、對仗。**

（6）**除比興外，多用排比鋪陳。**

例子

上邪！我欲與君相知，長命無絕衰。

山無陵，江水為竭，冬雷震震，夏雨雪，天地合，乃敢與君絕！

——〈上邪〉

白話語譯

上天呀！我盼望與你相知相惜，長存此心永不褪減。

直到群山消逝，江水乾竭；冬天雷聲震震，夏天白雪紛飛，天地相交接合，直到這樣的事情全都發生，我才敢將對你的情意拋棄決絕！

〈上邪〉是愛情的誓言。它語言質樸、全無修飾，令人感動。詩人連用五種絕不可能出現的自然現象，側面暗示會一直愛對方至海枯石爛。這首詩充分體現了漢樂府民歌感情激烈而坦率的特色。

提示

今存兩漢樂府民歌有四十多首，多出於下層人民之口，風格直樸率真。「樂府」後來也用來指魏晉到唐可配樂的詩歌，以及後人倣效的樂府古題作品。

重要度

★ ★ ☆ ☆ ☆

新樂府運動

淺釋

「新樂府」一名由唐代文學家白居易提出，宋代郭茂倩《樂府詩集》把樂府分為十二類，最後一類標名為「新樂府辭」。所謂「新樂府」，就是一種用新題寫時事的樂府式詩歌，即所謂「歌詩合為事而作」。

特點

（1）用新題

從建安時代起，文人樂府也有少數寫時事，但由於多借用古題，反映現實範圍既受限制，題目和內容也不協調。新樂府則自創新題，故又名「新題樂府」。

（2）寫時事

建安後也有一些自創新題的樂府，但內容往往不關時事。既用新題，又寫時事，則從杜甫創始，但當時還不是所有新題都寫時事。新樂府則專門「刺美見（現）事」，所以白居易的《新樂府》五十首全都列入「諷諭詩」。

（3）不以入樂為衡量標準

新樂府主張文辭質樸易懂，便於讀者理解，切中時弊，使聞者足戒；內容能否反映社會現實，比詞句能否入樂更受人們重視。

例子

上陽人，紅顏暗老白髮新。綠衣監使守宮門，一閉上陽多少春。

玄宗末歲初選入，入時十六今六十。同時采擇百餘人，零落年深殘此身。

憶昔吞悲別親族，扶入車中不教哭。皆云入內便承恩，臉似芙蓉胸似玉。

未容君王得見面，已被楊妃遙側目。妒令潛配上陽宮，一生遂向空房宿。

秋夜長，夜長無寐天不明。耿耿殘燈背壁影，蕭蕭暗雨打窗聲。

春日遲，日遲獨坐天難暮。宮鶯百囀愁厭聞，梁燕雙棲老休妒。

鶯歸燕去長悄然，春往秋來不記年。唯向深宮望明月，東西四五百回圓。

今日宮中年最老，大家遙賜尚書號。小頭鞋履窄衣裳，青黛點眉眉

細長。

外人不見見應笑，天寶末年時世妝。上陽人，苦最多。少亦苦，老亦苦。

少苦老苦兩如何？君不見昔時呂向美人賦，又不見今日上陽白髮歌。

——白居易〈上陽白髮人〉

重要度

★★☆☆☆

六書

淺釋

六書是從分析漢字結構得出的六種條例，根據東漢許慎《說文解字》的歸納，這六種條例包括：指事、象形、形聲、會意、轉注、假借。後頁簡表乃根據左民安〈漢字的結構〉，簡要地分析六書。

表一：六書的定義及例子

名稱	《說文解字》的定義	例子	獨體字／合體字	造字法／用字法
象形	畫成其物，隨體詰詘。	日、月、山、州、矢	獨體字	造字法
指事	視而可識，察而見意。	上、下、甘、本、末	獨體字	造字法
會意	比類合誼，以見指撝。	武、信、步、涉、降	合體字	造字法

名稱	《說文解字》的定義	例子	獨體字 / 合體字	造字法 / 用字法
形聲	以事為名，取譬相成。	江、河、鯉、鯽、鱔、鰻	合體字	造字法
轉注	建類一首，同意相受。	考、老；續、緝	不適用	用字法
假借	本無其字，依聲托事。	令、長、汝、亦、自、驕	合體字	用字法

表二：六書的特點

名稱	說明	優點	缺點	備注
象形	象實物之形	因形知義	書寫麻煩，形體不統一。	
指事	・純指事符號 ・在象形的基礎上加上指事符號	視而可識	過於抽象，通常由象形或會意取代。	六書中佔最少
會意	把兩個或以上的象形字組合以表示一個新的意思	可推敲字義	很多抽象概念無法表達	
形聲	由表示字義的形符，和表示字音的聲符組合而成。	含表音表義兩部分，並能表示很多抽象的概念。	隨着漢字的發展，形聲字的形符漸失象形的樣子。	六書中佔最多
轉注	兩同義字部首相同，可以互相解釋。	不適用	不適用	
假借	古人寫的別字，本無其字，借用同音字代替。	對後世用同音以代替壓縮漢字的字數有很大的啟示	廢掉漢字的表意性，對後世的閱讀和理解帶來麻煩；而且會損害文字的健康，造成混亂。	

象形、指事、會意、形聲歸入造字之法，轉注和假借則歸入用字之法。前四者構字時能產生新字，所以是造字法；而轉注和假借只用已有的字，沒有產生新字，所以是用字法。同學要特別留意假借字，因有時書寫不認真，用同音字假借原來的字，習非成是，不但會造成混亂，更可能因理解不一而產生誤會。

重要度

★ ★ ★ ☆ ☆

平仄

淺釋

平仄是中國詩詞中用字的聲調。「平」指「平直」，「仄」指「曲折」。根據隋朝至宋朝時期修訂的韻書，如《切韻》、《廣韻》等，中古漢語有四種聲調，稱為平、上、去、入。除了平聲，其餘三種聲調都有高低變化，故統稱仄聲。詩詞中平仄的運用有一定的格式，稱為「格律」。

粵語與普通話的聲調不盡相同，平仄分佈亦不一樣：

- 粵語：共有九聲，分別是陰平、陰上、陰去、陽平、陽上、陽去、陰入、中入、陽入。當中陰平、陽平為平聲，其他則為仄聲。

- 普通話：共有四聲，分別是陰平、陽平、上聲、去聲。當中陰平、陽平為平聲，其他為仄聲。

以「紅」字為例，其在粵語中有空 [hung1]、孔 [hung2]、控 [hung3]、紅 [hung4]、哄 [hung6] 幾個聲調，當中「空」和「紅」是平聲字，其他是仄聲字。

重要度

★ ★ ★ ☆ ☆

古體詩

淺釋

古體詩，也叫「古詩」或「古風」，是和近體詩相對的詩體。古體詩之名，始於唐代。唐人把當時新出現的格律詩稱為「近體詩」，而把產生於唐以前，較少格律限制的詩稱為「古體詩」。後人沿襲唐人說法，把唐以前的樂府民歌、文人詩，以及唐以後文人仿照其體制寫成的詩歌，都統稱為「古體詩」。

特點

（1）字數

- 四言詩：四字一句，源於《詩經》，秦漢以後，作者漸少，例如曹操的〈龜雖壽〉。

- 五言詩：五字一句，簡稱「五古」，源自漢代民歌，其後文人仿作，日漸繁盛，成為唐以前古詩的主流，如《古詩十九首》。

- 七言詩：七字一句，簡稱「七古」，如曹丕的〈燕歌行〉。

- 雜言詩：句子字數不定，少至一字，多至十數字，但以三、五、七
  言為主，如李白的〈蜀道難〉。

（2）押韻

- 用韻較寬：可以用本韻（在一個韻部中選用韻腳字），也可以用鄰
  韻（從相近的兩個或幾個韻部中選擇韻腳字）。如白居易的〈長恨
  歌〉：「姊妹弟兄皆列土，可憐光彩生門戶。遂令天下父母心，不重
  生男重生女。」「女」屬「語」韻，「土」、「戶」兩字卻屬「虞」韻。

- 形式多樣：可押平聲韻，也可押仄聲韻；可以一韻到底，也可以中
  間換韻。如〈賣炭翁〉十六個韻，六個是平聲，十個是仄聲，共換
  了五次韻。

- 位置不定：可以句句押韻，如曹丕的〈燕歌行〉；也可以隔句押韻
  甚至三、四句一押韻，如〈觀滄海〉十二句，只押三個韻。

- 不避重韻：即一詩中出現重複的韻腳字，如〈孔雀東南飛〉中
  「婦」、「母」、「語」、「歸」等韻腳都重複出現。

（3）平仄

　　唐之前的古詩並不講究平仄，唐以後的古體詩，因受近體詩的格律
影響而講究平仄。有些詩大量摻用律句（合乎近體詩平仄格式的句子），
成為「入律的古風」，如白居易的〈琵琶行〉、高適的〈燕歌行〉。

（4）對仗

　　古體詩可用對仗，也可不用對仗。用對仗時，一般位置不定，數量
不限，而且不求工整，不避重字（同字相對）。如李白〈蜀道難〉中「朝
避猛虎，夕避長蛇」一句，「避」字重用。

例子

　　行行重行行，與君生別離。相去萬餘里，各在天一涯。道路阻且
長，會面安可知。胡馬依北風，越鳥巢南枝。相去日已遠，衣帶日已

緩。浮雲蔽白日，遊子不顧返。思君令人老，歲月忽已晚。棄捐勿復
道，努力加餐飯。

——《古詩十九首》之一

重要度

★ ★ ★ ☆ ☆

近體詩

淺釋

近體詩又稱「今體詩」，是唐代出現的新詩體，唐人為了與以前的古
體詩相區別，故名之為「近體」。**近體詩分「律詩」和「絕句」兩種。律
詩一般每首八句，五言的簡稱「五律」，七言的簡稱「七律」，超過八句
的則稱為「長律」或「排律」。絕句每首四句，五言的簡稱「五絕」，七
言的簡稱「七絕」。**

近體詩格律嚴謹，篇有定句（除排律外，每首詩句數固定），句有定
字（每句詩的字數固定），韻有定位（押韻位置固定），字有定聲（詩句
中各字的平仄聲調固定），聯有定對（律詩中間各聯必須對仗）。與古體
詩相比，形式更為整齊，節奏更為諧協，但限制也更多。

特點

（1）律詩

屬近體詩的一種，因格律嚴密而得名，常見的有五言律詩和七言律
詩兩類。律詩的字數及格律要求如下：

- 限字句：一般每首八句，五律每句五字，共四十字；七律每句七字，共五十六字。

- 分四聯：每兩句組成一聯，每聯都有專門的名稱：一、二句叫「首聯」，三、四句叫「頷聯」，五、六句叫「頸聯」（又稱「腹聯」），七、八句叫「尾聯」。每聯的上句叫「出句」，下句叫「對句」。

- 定韻腳：每首詩偶句句末必須押韻，通常押平聲韻。

- 只可押本韻：只可押同韻部的字，不能押鄰韻，即相近韻部的字，否則就叫「出韻」。

- 一韻到底：不能中間換韻，也不能用相同的韻字押韻，否則就叫「重韻」，單句不得押韻，只有首句可押可不押。

- 調平仄：詩句中每個字用平聲或用仄聲，都有基本的規定，一般按照平仄聲相間的原則處理。

以上是律詩的正格，詩句若不協平仄，則叫做「拗句」；詩人有時會採用某些補救辦法，稱之為「拗救」，這是律詩的變格。

- 講對仗：除首尾兩聯可對可不對外，中間兩聯出句和對句必須形成對仗。

- 講黏對：每一聯中，上下句之間的平仄必須相反，如上句為「仄仄平平仄」，下句當為「平平仄仄平」，這叫作「對」，否則叫「失對」。兩聯之間，下聯出句的第二字要和上聯對句的第二字平仄相一致，如上聯對句為「平平仄仄平」，則下聯出句當為「平平平仄仄」，這叫作「黏」，否則叫「失黏」。

（2）排律

按照一般律詩的格式加以鋪排延長而成，故稱「排律」，又叫「長律」。

排律和一般律詩一樣，要嚴格遵守平仄、對仗、押韻等規則，但它

不限於四韻，每首最短五韻十句，多的長達五十韻（一百句）甚至一百韻（二百句）以上。除首尾兩聯外，中間各聯都用對仗；各句間也要遵守平仄黏對的格式。

（3）絕句

絕句又稱絕詩。每首四句，常見的有五言、七言兩種。五言絕句的體裁，源於漢晉以來的民間歌謠。至於「絕句」的名稱，則來自文人的聯句。

唐以前的絕句，不講聲律對偶，不拘平韻仄韻，有些還明顯殘留民歌風味。

唐時，律詩的格律逐漸形成，並影響絕句。文人提出調聲術後，規定詩句的平仄聲調要求，又有上官儀等人提倡對偶，列舉二十九種對偶形式，講求聲律、對仗遂成為一時風氣，絕句因而逐漸走向律詩化，成為近體詩的一種。例如：

白日依山盡，黃河入海流。欲窮千里目，更上一層樓。

—— 王之渙〈登鸛雀樓〉

此詩的平仄和押韻完全按照律詩的格式，但其對仗比律詩靈活，可以全首對仗，也可前聯或後聯對仗，還可通篇不用對仗。

例子

五言律詩有兩種基本的平仄格式：

（1）仄起式

仄仄平平仄，平平仄仄平。仄平平仄仄，仄仄仄平平。

平仄平平仄，平平仄仄平。仄仄平平仄，仄仄仄平平。

國破山河在，城春草木深。感時花濺淚，恨別鳥驚心。

烽火連三月，家書抵萬金。白頭搔更短，渾欲不勝簪。

—— 杜甫〈春望〉

（2）平起式（首句如押韻，則為「平平仄仄平」）

平平平仄仄，平仄仄平平。平仄平平仄，平平仄仄平。

仄平平仄仄，平仄仄平平。平平平仄仄，平平仄仄平。

空山新雨後，天氣晚來秋。明月松間照，清泉石上流。
竹喧歸浣女，蓮動下漁舟。隨意春芳歇，王孫自可留。

—— 王維〈山居秋暝〉

七言律詩也有兩種基本的平仄格式：

（1）仄起式（七律以首句押韻者為常見，如首句不入韻，則當為「仄
　　仄平平平仄仄」）

仄仄平平仄仄平，平平仄仄仄平平。

平平仄仄平平仄，仄仄平平仄仄平。

仄仄平平平仄仄，平平仄仄仄平平。

平平仄仄平平仄，仄仄平平仄仄平。

王濬樓船下益州，金陵王氣黯然收。
千尋鐵鎖沉江底，一片降幡出石頭。
人世幾回傷往事，山形依舊枕寒流。
從今四海為家日，故壘蕭蕭蘆荻秋。

—— 劉禹錫〈西塞山懷古〉

（2）平起式（如首句不入韻，當為「平平仄仄平平仄」）

平平仄仄平平平，仄仄平平仄仄平。

仄仄平平平仄仄，平平仄仄仄平平。

平平仄仄平平仄，仄仄平平仄仄平。

仄仄平平平仄仄，平平仄仄仄平平。

燕台一去客心驚，笳鼓喧喧漢將營。

萬里寒光生積雪，三邊曙色動危旌。

沙場烽火侵胡月，海畔雲山擁薊城。

少小雖非投筆吏，論功還欲請長纓。

—— 祖詠〈望薊門〉

提示

以下表格以近體詩中的律詩為例，簡述其與古體詩的分別：

	近體詩中的律詩	**古體詩**
句數	每首限定八句，排律則八句以上。	無規定
句式	・句子長短全首一致，不是五言，就是七言。 ・每句的平仄都有限定	・每句字數沒有嚴格規定 ・平仄無規定
用韻	・只可押平聲韻 ・不可換韻，用韻於一韻部（此據通行平水詩韻而言）。 ・除首句外，只可在偶句用韻。	・平聲韻、仄聲韻俱可 ・可以換韻 ・每句均可用韻
對仗	每首必有對仗，且位置也有規定。	可有可無，並無規定。

以上提及近體詩的特色及作詩原則，或較深奧，僅供同學認識與參考。

重要度

★ ★ ★ ☆ ☆

詞

淺釋

詞起源於隋朝，大盛於宋。詞是配合樂曲歌唱的文學體裁，故稱「曲子詞」；詞人按曲調的變化，填上長短參差的詞，因此詞亦稱「長短句」。每種詞調（樂譜）都有特定的名稱，叫做「詞牌」，如「念奴嬌」、「一剪梅」等。詞牌的名稱一般和詞的內容沒有關係，所以詞牌後有時會加上「詞題」，以說明作詞的原因和背景，如「念奴嬌‧赤壁懷古」。詞的結構一般分為兩段，每段稱為「片」或「闋」，第一段稱為「上片」或「上闋」，第二段稱為「下片」或「下闋」，**上闋多寫景，下闋多抒情**。如按詞的字數分類，可分為三類：五十八字以內的是「小令」，五十九至九十字為「中調」，九十字以上的稱「長調」。

代表人物

詞為宋代重要的文學體裁，隨後不斷發展，內容和風格愈趨多樣，總體來說，可分為婉約與豪放兩種不同的詞風，而兩個派別又有各自的代表詞人。

婉約派：柳永、晏殊、晏幾道、秦觀、周邦彥、李清照

豪放派：范仲淹、蘇東坡、辛棄疾

提示

詞須按詞調填寫，故填詞要符合字詞的陰陽平仄和押韻位置的規定。

重要度

★ ★ ★ ☆ ☆

曲

淺釋

曲又叫詞、樂府,如《詞林摘艷》、《東籬樂府》。曲是宋末元初興起於民間,元明時期極盛於文壇的一種新興文體。元曲包括在舞台演出的唱辭、賓白、科介、人物故事、情節發展及分折分場的雜劇,以及由文人、歌者用來詠物抒情的散曲。散曲又分「小令」和「套數」:從曲文的角度來區別,單獨的曲詞叫「小令」,把若干小令串連成一個組曲就叫「套數」,由四個套數再加一個「楔子」組成而插入科白的是「雜劇」,由不只四個套數所組成的戲曲就叫「傳奇」(分類詳見下述)。

元散曲

淺釋

中晚唐以來,經過長期醞釀,長短句歌詞到了宋金對立時期,又吸收了一些民間興起的曲詞,以及女真、蒙古等少數民族樂曲,逐漸形成一種新的詩歌形式,這就是當時在北方流傳的散曲,也稱「北曲」。**元代散曲可分為三類,最先產生「小令」,由小令變為「合調」,然後又變為「套曲」(或稱「套數」)。**

分類

(1)小令

小令是獨立的曲,它原來是民間流行的詞調和小曲,句調長短不

齊，而有一定的腔格，經過了文學加工，便成為散曲中的小令。散曲中的小令，當時被稱為「葉兒」，有如唐代的絕句，五代、北宋的小詞，形體簡短，語言精煉，自由活潑，便於寫景言情。這是由前代歌辭中解放出來的一種新詩，是適合賦予新內容的一種新形式。

（2）合調

從簡短的小令，漸漸變成連用兩個調子，稱為「合調」或「雙調」，也稱「帶過曲」，意思是作者填一調後，意未盡，另填一調來續完。如兩調不足，也有連用三調（最多只能連用三調），但以二調相合最通行。合調後，要求音節調和自然，如渾然一體。

（3）套曲

如由合調再進一步，把曲的形式組織擴大，就稱「套曲」，通稱「散套」或「套數」，也稱「大令」。套曲的構成形式主要有三點：一、由多首同一宮調中之曲牌，聯合組成一整體。二、全套各調要同韻。三、每套要有尾聲（也有例外），表示一套首尾的完整，並表示全套音樂已了結。套曲可按情節的繁簡，或伸長，或縮短。短的只有三、四調，長的如劉致《正宮端正好·上高監司》一套，共有三十四調。

特點

（1）曲調

又稱「曲牌」，和詞的「詞牌」作用相同，規定了樂曲的曲譜，以及歌詞的句數、字數、平仄和押韻格式。然而曲調一般都是單調，沒有「詞」雙調（兩片）或三疊、四疊（三片、四片）的調。

（2）宮調（音樂）

所謂宮調，即現代音樂中的大調（如 C 大調）、小調（如 E 小調）等。當時有「正宮」、「黃鐘宮」、「大石調」等名稱，規定了曲調的高低、強弱等。每一種曲調都有其宮調，而每一宮調就有若干曲調。如〈雙調·夜行船·秋思〉中的「雙調」是宮調，「夜行船」是曲調（曲牌），「秋思」

是小題／副題。有些散曲即使曲調相同，但因宮調不同，亦為不同的曲子。如〈雙調・水仙子〉不同於〈黃鐘・水仙子〉。

（3）用韻、四聲

受到元代的外族語言影響，元散曲和詞的聲調不同，所以元曲用字的四聲和用韻也不一樣，例如押韻加密，幾乎每句都要押韻；而且平、上、去三聲互押，即只須同韻，四聲不同皆可押韻。不像詩詞一般平仄韻不能通押。元曲用字的四聲為新四聲，即陰平、陽平、上聲、去聲，比詩詞的平、上、去、入，平聲分開兩部分外，入聲即歸入不同的聲部之內。

（4）襯字

宋詞、元曲均屬長短句，然元曲每句除固定字數外，尚可增益單字。元曲中每句之固定字數稱為「正字」，其額外所增單字，則稱為「襯字」。一般來說，襯字用於北曲者較多，因北曲用絃索配和，板拍緩急，變動不拘，常有一字而下三四板者，所用襯字，多少不拘，虛實並用。襯字的用法頗寬鬆，除了不得加於句末之外，但求不奪正文便可。

例子

枯藤老樹昏鴉，小橋流水人家，古道西風瘦馬。

夕陽西下，斷腸人在天涯。

—— **馬致遠〈越調・天淨沙・秋思〉**

【夜行船】百歲光陰一夢蝶，重回首往事堪嗟。今日春來，明朝花謝。急罰盞、夜闌燈滅。

【喬木查】想秦宮漢闕，都做了衰草牛羊野。不恁麼漁樵沒話說。縱荒墳橫斷碑，不辨龍蛇。……

【離亭宴煞】蛩吟罷，一覺才寧貼，雞鳴時，萬事無休歇。**爭名利**何年是徹？**看**密匝匝蟻排兵，**亂**紛紛蜂釀蜜，**急**攘攘蠅爭血。裴公綠野

堂，陶令白蓮社，**愛秋來時那些**：和露摘黃花，帶霜分紫蟹，煮酒燒紅葉。**想人生有限杯，渾幾個重陽節？**人問我、頑童記者：便北海探吾來，道東籬醉了也。

—— 馬致遠〈雙調・夜行船・秋思〉（節錄）

重要度

★ ★ ☆ ☆ ☆

元雜劇

淺釋

元雜劇與散曲相對，是以不同宮調、套數組成而具故事結構的說唱表演。元雜劇的結構嚴整，音樂和戲劇表演並重。內容具時代氣息，反映社會各階層（特別是低下階層）的生活和感情。

特點

（1）結構

劇本基本上由四折組成（每折一個套曲，一折相當於一幕）。按劇情而言，四折是開端、發展、高潮和結尾。根據劇情的需要，還可在第一折前或折與折之間加一個「楔子」，起提示、補充、貫穿劇情的作用。楔子與正折之間的區別是它比較短小，常由一支曲子組成；有時也可再加一個「幺篇」（即同一個曲調的變體），或者用二三個不同的曲子，甚至也可用一個完整的套曲。

（2）名稱

劇本的結尾一般有兩句或四句的對句，叫「題目正名」，用以總結內

容。題目正名最後一句常用作劇本名稱，比如《竇娥冤》：

題目：秉鑑持衡廉訪法

正名：感天動地竇娥冤

故簡稱《竇娥冤》。

但不是所有劇本的結尾皆有正名，如關漢卿的《閨怨佳人拜月亭》則沒有。

（3）角色

雜劇角色各樣，列舉數種：

「末」：指扮演男性主要人物的角色，「正末」表示男主角。

「旦」：指扮演女性主要人物的角色，「正旦」表示女主角；「貼旦」簡稱「貼」，多扮丫鬟；「花旦」則多扮演煙花粉黛的角色。

「副淨」、「副末」：負責插科打諢、鬧笑料的人。

「大面」：即「淨」，有紅面、黑面之分，如扮關公、尉遲恭等角色。

（4）曲詞、科、賓白

「曲詞」是指劇中人物的唱詞，「賓白」指劇中人物的說白，「科」又稱「科介」，是指關於劇中人物的動作、表情、音響效果的舞台指示，腳色（角色）須依科介表演。文詞上，曲詞較典雅而押韻，賓白則較淺白通俗而不押韻。角色上，曲只限主角一人獨唱，演出時一本四折整套曲子，都由正末或正旦獨唱，其他任何角色皆可說白，但不能唱。獨語為白，對話為賓。唱者先白後唱，不能兼帶賓白。

例子

關漢卿《竇娥冤》、王實甫《西廂記》、馬致遠《漢宮秋》

重要度

★★☆☆☆

章回小說

淺釋

章回小說是長篇小說的一種，是中國古典小說的主要形式，由宋元講史話本發展而來。元末明初出現了一批章回小說，如《三國志通俗演義》、《殘唐五代史演義》、《三遂平妖傳》、《水滸傳》等。這些小說都在民間長期流傳，經說話和戲曲藝人補充，內容逐漸豐富，最後由作家加工改寫而成。到了明中葉後，章回小說的發展更加成熟，出現了《西遊記》等作品。這個時候的章回小說，其內容和「講史」已沒有一定聯繫，只是在體裁上保持「講史」的痕跡。

特點

（1）全書分回

如《三國演義》有一二〇回，《西遊記》有一〇〇回。多以偶句作回目，如《三國演義》第一回為「宴桃園豪傑三結義　斬黃巾英雄首立功」，然後分章分回敘述，每回常以「話說」、「卻說」引出正文，結尾慣用「且聽下回分解」或「下回分解」字眼；在「且聽下回分解」後，多用「正是」帶出偶句作結。第一回之前或有「楔子」。行文用當時的白話，並會雜用韻文。

（2）篇幅較長

章回小說一般指用白話寫的長篇小說，為了方便敘事，篇幅因而較長，通常由數十回至百餘回不等。

例子

羅貫中《三國演義》、施耐庵《水滸傳》、吳承恩《西遊記》、曹雪

芹《紅樓夢》、吳敬梓《儒林外史》、劉鶚《老殘遊記》等。

重要度

★ ★ ☆ ☆ ☆

科舉制

淺釋

中國古代歷史中，主要實行過三種選拔官員的制度：世卿世祿制、察舉制和科舉制。科舉制度是指由朝廷開設科目，士人可自由報考，主要以考試成績決定取捨的選拔官員的制度。科舉制度萌芽於南北朝時期，創始於隋，確立於唐，而完備於宋，又延續至元、明、清三代，至清光緒三十一年（1905 年）廢除，前後經歷了一三〇〇年之久。

流變

隋開皇年間廢九品中正制，大業年間，隋煬帝創設進士科，被視為科舉制創建之始，但其考試方法不詳。唐朝建立之初，朝廷急欲求才，因此高祖乃沿襲隋代開科取士之制，敕令貢舉。此後貢舉成為定制，每年舉行一次。唐代的貢舉考試分「解試」、「省試」二級制；宋代的科舉考試採用三級考試制度：「解試」、「省試」、「殿試」。解試由地方州府官主持，省試由禮部知貢舉官主持，殿試由皇帝親自主持；明清科舉亦採三級考試制：「鄉試」、「會試」、「殿試」（內容和形式與前朝大致相同）。宋至清科舉試每三年舉行一次。

影響

科舉考試制度不問家世，不須舉薦，主要以考試成績決定取捨，體現了公開考試、平等競爭、擇優錄取的原則，比世卿世祿制、察舉制更具正面作用。

然而，科舉內容以「四書」、「五經」為主，在唐宋時期，尚可適應社會需要。但到了清代乾隆之後，西方各國紛紛爆發社會革命和工業革命，科學技術突飛猛進之際，科舉考試仍一成不變，更把科學技術看作「奇技淫巧」，不屑一顧，致使中國的科技、經濟以至政治都落後於當時的世界發展。其中八股文對當時的知識份子影響最深。

重要度

八股文

淺釋

科舉制度指定的應試文體。八股文有嚴格的固定格式，每篇一般以七百字為準，通常由「破題」、「承題」、「起講」、「入題」、「起股」、「出題」、「中股」、「後股」、「束股」、「落下（收結）」十部分組成。此外，八股文甚至對每段開頭的虛詞也有規定。

影響

明清科舉考試以「四書」、「五經」的內容命題，並規定考生以八股文作答。

考生答題時必須以政府頒佈的《四書大全》等為標準，揣摩古人語氣，代聖賢立言，士子對經義不得發揮己見，思想受到束縛。

由於八股文形式死板，內容千篇一律，試題又只出自「四書」、「五經」，故有些儒生在經書中專選一些可以命題的，寫成若干文章，並編成八股文選集（即現時的「精讀」、「天書」），以致許多考生平日只死記硬背這些八股文選，甚至只知八股文而不知本經。由此觀之，科舉制度逐漸流入陳腐。

提示

晚清和新中國時期，不少文學作品針對科舉及八股文的弊病加以諷刺，警醒世人脫離科舉荼毒，例如清代吳敬梓《儒林外史》、魯迅〈孔乙己〉等。

重要度

★ ★ ☆ ☆ ☆

「八不主義」

淺釋

胡適在 1917 年 1 月出版的《新青年》上發表〈文學改良芻議〉，後來稱為「文學革命運動第一次宣言」。胡適提出文學改良，主張必須從「八事」入手：

（1）須言之有物

（2）不模仿古人

（3）須講求文法

（4）不作無病之呻吟

（5）務去爛調套語

（6）不用典

（7）不講對仗

（8）不避俗字俗語

以上八事後來改稱為「八不主義」，歸納起來，就是文學的內容必須有真實的思想和情感（即（1）、（2）、（4））；文學創作必須捨棄舊文體，改用白話作為表達的工具（即（3）、（5）、（6）、（7）、（8））。

提示

「八不主義」同時成為新詩創作中繼往開來的重要文學理論。1917年，胡適發表了《白話詩八首》，以白話文入詩，但始終未能完全擺脫舊體詩的約束。翌年，他再聯同沈尹默及劉半農發表了九首白話詩，包括〈鴿子〉、〈月夜〉、〈人力車伕〉、〈相隔一層紙〉等。這次他們成功打破舊詩固有的框框，內容、體裁、模式都取得突破性的發展，為新詩奠下基石。

重要度

★ ★ ☆ ☆ ☆

新詩（現代詩）

淺釋

又稱「白話詩」、「自由詩」，打破以往五、七言律詩或絕句的規範，除新體格律詩外，一般沒有字數、句數的規限，反而注重詩的音節，即語氣的自然節奏及用字的和諧，不拘格律、不論平仄，押韻與否並不重要，可以白話文入詩，不避俗字。1919 年 10 月，胡適發表〈談新詩〉一文，鼓吹「詩體大解放」，要「打破五言七言的詩體，並且推翻詞調曲譜的種種束縛；不拘格律，不拘平仄，不拘長短；有甚麼題目，做甚麼詩，詩該怎樣做，就怎樣做」。翌年 3 月，他身體力行，出版第一本新詩集《嘗試集》，正式開展了新詩的里程。後來更得到魯迅、聞一多、周作人、俞平伯、冰心、梁實秋等文人大力響應，紛紛發表詩作以示支持。

分類

新詩一般可分為自由體及格律體兩種。

自由體新詩的形式有以下特點：

（1）格式：分行書寫，句數、節奏無定，節奏依意義自然區分。

（2）聲調：沒有平仄限制，亦沒有固定的節奏規律。

（3）用韻：多用現代韻，沒有平仄限制，有些詩作完全沒有押韻。

格律體新詩則有以下特點：

（1）像聞一多主張的「三美」所說，新詩須注重節的勻稱和句的均齊，如〈死水〉一詩，全詩五節，每節四行，每行九字；每節第二、四行押韻，每行均以三個「二字尺」和一個「三字尺」構成。

（2）像馮至等人創作的十四行詩，這種詩體模仿西方 Sonnet（早期中譯為「商籟體」）格律詩的形式，每首詩分為十四行，前段八行，

後段六行，多排列成四、四、三、三的分行形式。韻律要求十分嚴格，押韻大致有兩種形式：一種是第一與第三行，第二與第四行，第五與第七行，第六與第八行，第九與第十二行，第十與第十一行，第十三與第十四行互押，共七組韻。另一種是第一與第四行，第二與第三行，第五與第八行，第六與第七行，第九與第十、十二、十四行，第十一與第十三行互押，共六組韻。

（3）受西方其他格律詩影響的特殊格律形式，如卞之琳的〈白螺殼〉，全詩共分四節，每節十行，每行七字，形式十分整齊。全詩每行三頓，節奏均勻。押韻特別，每節的一三、二四、五六、七十、八九行句末押韻，韻腳錯落變化。

例子

這是一溝絕望的死水，
清風吹不起半點漪淪。
不如多扔些破銅爛鐵，
爽性潑你的剩菜殘羹。

也許銅的要綠成翡翠，
鐵罐上銹出幾瓣桃花，
再讓油膩織一層羅綺，
黴菌給他蒸出些雲霞。

讓死水酵成一溝綠酒，
飄滿了珍珠似的白沫；
小珠們笑聲變成大珠，
又被偷酒的花蚊咬破。

那麼一溝絕望的死水，

也就誇得上幾分鮮明。

如果青蛙耐不住寂寞，

又算死水叫出了歌聲。

這是一溝絕望的死水，

這裏斷不是美的所在，

不如讓給醜惡來開墾，

看他造出個甚麼世界。

—— 聞一多〈死水〉

　　〈死水〉是新高中中國文學科指定篇章，值得細味。詩人借死氣沉沉
的廢水比喻醜陋的現實社會。全詩分五節，每節四行，每行九字，偶句
句末押韻，每節押一韻，是一首非常工整的格律詩。聞一多提出新詩須
有三美：建築美、繪畫美、音樂美。建築美一般指「節的勻稱」和「句的
均齊」；繪畫美要求描述的畫面生動傳神、形象鮮明；音樂美談的是節奏
和押韻。《死水》正好是聞一多新詩理論的具體實踐。

提示

　　在公開考試裏，與格律體新詩相關的題目，考問最多的是韻腳，即
句尾哪些字押韻（字的韻母相同）。

重要度

散文詩

淺釋

是指用散文形式寫成的詩篇。具有散文的一般特點，如篇幅短小，題材廣泛；表現靈活，手法多樣；直抒胸臆，以意為主；形散神聚，博而不雜。**散文詩與一般散文相比，語言更凝練，內容較跳躍，具有一般詩歌所要求的意境。**

特點

（1）不分行，但分段

散文詩可能自首至尾只有一段，但有別於一般詩歌的格式，散文詩不分行是必要條件，因此其表現方式比詩更自由、情緒更連貫。

（2）包含哲理

不少詩人愛以散文詩表現哲理，這是因為當一般新詩體無法在短短的文字中充分地說盡義理時，散文詩可以在不斷裂、連貫的文字中，提供一個完整的畫面與情境給讀者，讓讀者在畫面及情境中，領悟出作者真正的寓意。

（3）意在言外

不同於一般散文的清楚明晰，散文詩有一種朦朧的意味。散文詩可以書寫心靈及精神，但又不同於一般散文的直接與淺白，它必須將含義以象徵或暗示的手法隱藏，需要讀者細嚼。

例子

在無邊的曠野上，在凜冽的天宇下，閃閃地旋轉升騰着的是雨的精魂……

是的，那是孤獨的雪，是死掉的雨，是雨的精魂。

—— 魯迅〈雪〉

提示

散文詩兼有詩歌和散文的特點，又不同於一般的詩歌和散文。根據內容的需要，選用散文詩的形式，可使作品既有散文的情趣，又有詩歌的韻味，故散文詩稱得上是一種比較靈活的文體。

重要度

現代戲劇

淺釋

中國的現代戲劇，即話劇，是在「新文學運動」中發展起來的新體裁之一。最初稱為「文明戲」，後來稱「白話劇」。直到 1928 年，按洪深的提議，改稱為「話劇」。在「新文學運動」中，現代戲劇的發展較遲。1919 年，胡適在《新青年》3 月號上發表了《終身大事》，成為中國首個發表的現代戲劇劇本。1934 年，曹禺發表了四幕長劇《雷雨》，引起了廣泛的注意，現代戲劇亦走上一個新階段，更多成熟的作品相繼出現。

特點

（1）通過人物的扮相、對話和動作，把故事的情節、主題表現出來。

（2）以幕為單元，有多幕劇和獨幕劇之分。

（3）有時會在劇本開始先介紹劇中人物。

（4）每幕開始時標明事件發生的時間、地點。

（5）每幕多先介紹舞台佈景、燈光或道具等，讓觀眾了解人物活動的環境。

（6）台詞是人物的說白，包括對白和獨白，這是戲劇的主要表現手段。

（7）舞台提示通常在劇本中用括號加插說明文字，如開幕、閉幕、人物登場或退場，人物的表情動作、心理，以至佈景道具、燈光及音響效果的變化等。

例子

姚克的《西施》、曹禺的《雷雨》和《日出》、老舍的《茶館》

重要度

★ ★ ☆ ☆ ☆

報告文學

淺釋

報告文學又稱「紀實文學」，**是兼具新聞與文學兩種特性的文學體裁**。

特點

報告文學既是「報告」，也是「文學」。就題材而言，報告文學必須

選擇真人真事的新聞材料，及時地反映生活，所以說它是報告；就表達方式而言，必須用文學的表現方法，生動地重現生活，所以說它是文學。

例子

無疑，唐山是屬於我的。

如果說，十年前，那個腳蹬翻毛皮鞋、肩揹手壓式噴霧器，身穿防疫隊的白色大褂，整日奔波在那片震驚世界的廢墟上的二十三歲年輕人，還沒有意識到，生活已經把一片可歌可泣的土地交給了他，那麼，今天，當我再次奔赴唐山，並又一次揮別它的時候，我才意識到，我和我的唐山已經無法分開了。

不久前，我和朋友們看見了一本世界歷史上的今天。出於甚麼呢？我立刻把它取下書架，幾乎是下意識地，隨手翻到了那一頁。

是的，那是一個注定要用黑色筆填寫的日子……

七月二十八日

……

一七九四年 法國革命家羅伯斯庇爾和聖·朱斯特被處死

一九一四年 奧匈帝國向塞爾維亞宣戰，第一次世界大戰從此開始

一九三七年 日本佔領中國北平

一九七三年 法國在穆魯羅瓦珊瑚礁進行第二次原子彈爆炸

一九七六年 中國唐山市發生大地震

我又看到了我的唐山。我的災難深重的唐山。我的傷痕累累的唐山。我的在大毀滅中九死一生的唐山。唐山大地震，它理所當然要和世界歷史、人類發展史上一切重大事件一同被人類所銘記。

—— 錢鋼〈我和我的唐山〉

重要度

★ ★ ☆ ☆ ☆

遊記

淺釋

遊記是記述旅途見聞的一種散文，即是對一次出行、遊覽、參觀等的記錄。「遊」的含義可有多種，例如遊歷、旅遊、遊玩、遊覽、參觀、訪問、考察等。

例子

遊記分很多種，以記錄行程為主的是記敘型遊記；以抒發感情為主的是抒情型遊記，如柳宗元的〈小石潭記〉；以描繪景物、景觀為主的是寫景型遊記，如劉鶚的《老殘遊記》；通過記遊來說明一個道理的，是說理型遊記，例如范仲淹的〈岳陽樓記〉。無論哪一種遊記，都是以描繪自然風光、風景名勝、風土習俗、城市景觀、景觀中的人與事，達到記事、抒情、說理等目的。所以，遊記的內容，須具備「遊」的記錄。

提示

在遊記中，如缺少了人的描寫，就與說明文或寫景散文沒分別了。所以，一般遊記都會寄寓作者的主觀感情，融情入景。作者取材宜詳略分明，重要的行程、有特色的景觀、對表現文章主題有重要作用的事物等，都要重點描寫，其他枝節則應輕描淡寫，或者乾脆不寫。

重要度

科普文學

淺釋

科普是「科學普及」的簡稱。寫作科普文學的目的是把科學知識普及開來。**科普文章通過文學的形式和手段，把深奧的科學道理變得通俗，把抽象的科學概念形象化，使讀者樂於閱讀，易於接受，在輕鬆愉快的閱讀過程中獲取科學知識，所以文章既有科學知識，又有文藝的生動筆法。**

特點

科普文學的科學內容非常重要，引用的資料必須可靠，數據必須精確。它是科學文藝的一種，文筆要輕鬆、活潑，要善於運用比喻，使科學原理通俗易懂。此外，**用詞淺易、行文生動**，是科普文章常用的表達方法，這種寫法在嚴肅的科學論文中是不會出現的。

有些科學小品用文學的筆法，將科學內容生動、形象地表達出來，寓科學性、知識性、趣味性、娛樂性為一體，使讀者既能欣賞文學，同時獲得科學知識。科學小品一般短小精悍、通俗易懂、語言豐富多彩、形式生動，廣受讀者喜愛。

例子

熊熊烈焰由一座屋脊跳上另一座屋脊，染紅了京城半邊天。軍士們驚呼逃散。他狠命砍殺爬上城堞的蛇人，蛇人後半段身軀連同肥碩的長尾捲曲成一團。前半段猶在掙扎，三顆黃綠色的怪眼朝他投來恨恨的目光。他舉劍刺入蛇人三眼中間的柔軟部分，蛇人慘號一聲，不再動彈。另一名蛇人竄上城牆，他一咬牙，再度揮劍上前。

「城陷了，走吧。」柔和的聲音在他耳邊輕輕說。

「還沒有完！」他吼道，探身出城垛，舞動長劍砍斷蛇人的長尾。蛇人失去攀附城牆的憑藉，尖叫着跌下去，在半空中居然向他投出最後一根短矛，還未觸及他即已力盡，復跌向地面。

「可以走了。」柔和的聲音又說：「你看背後是甚麼？」

他悚然回首，京城內的房屋均在燃燒，無數蛇人彎曲醜陋的身形在火光中蠕動，人們哭叫着自動投身火窟。城牆附近的軍士們紛紛退向廣場，但不等到他們集中，四周包圍的蛇人已向他們投出無數根短矛。城樓上只剩下他一個人，他怒極而嘯，持劍撲向最接近的兩名蛇人。兩名蛇人向左右閃開，突然有七八根短矛射向他胸膛。他舉劍欲格，眼前猛然一黑，殺伐哭號聲同時消失不見。

—— 張系國〈傾城之戀〉（節錄）

重要度

★ ★ ☆ ☆ ☆

演講辭

淺釋

演講辭是一種實用文，一般有開幕辭、閉幕辭、歡迎辭、歡送辭、答謝辭及發言稿等。內容視乎有關集會或活動的要求而定，力求針對對象，條理清晰，引發共鳴。

特點

一篇結構完整的演講辭，有**稱謂、開場白、正文、結束語四部分**。開場白和結束語各一段，正文部分則篇幅較長。稱謂必須**注意稱呼的次第**，原則為**「先尊後卑」、「先客後主」**，例如：「何亮然博士（主禮）、張永祥校監、李紫如校長、各位嘉賓、各位老師、各位同學」。

提示

擬寫演講辭時須注意：

（1）要有針對性

要考慮演講的場合，聽眾的年齡和文化程度，聽眾需要了解或解決甚麼問題，以及演講者所處的地位、身份等。

（2）要有啟發性

以充實的內容，曉之以理，讓聽眾心悅誠服地接受演講辭需要闡明的意見和觀點，確定努力的方向和行動的目標。加入設問、反詰，深入淺出的比喻、引用，是增強演講辭啟發性常用的方法。

（3）要有感染力

演講辭是說給人聽的，語言明白曉暢、自然樸素，是產生感染力的先決條件。同時，為使演講辭以情動人，無論是議論、說明還是記敘，字裏行間都應反映演講者的真情實感。

重要度

寓言

又名「寓言故事」，**通常是含有道德教育或警世智慧的短篇故事，是以勸喻或諷刺性的故事為內容的文學體裁。**

特點

寓言的篇幅一般較短小，具有鮮明的哲理和諷刺意味。故事的主人翁有的是人，也有人格化了的動物、植物或自然界其他東西和現象。主題思想大多是借此喻彼、借古喻今、借小喻大，從簡單的故事體現出深奧的道理。寓言常用誇張和擬人等表現手法，如〈鷸蚌相爭〉、〈東郭先生和狼〉，運用的都是擬人手法。

例子

部分中國成語故事都屬於寓言故事，例如：愚公移山、杞人憂天、瓜田李下等。以下是「杞人憂天」的故事：

杞國有人，憂天地崩墜，身亡所寄，廢寢食者。又有憂彼之所憂者，因往曉之，曰：「天，積氣耳，亡處亡氣。若屈伸呼吸，終日在天中行止，奈何憂崩墜乎？」其人曰：「天果積氣，日月星宿不當墜邪？」曉之者曰：「日月星宿，亦積氣中之有光耀者，只使墜，亦不能有所中傷。」其人曰：「奈地壞何？」曉者曰：「地積塊耳，充塞四虛，亡處亡塊，若躇步跐蹈，終日在地上行止，奈何憂其壞？」其人舍然大喜，曉之者亦舍然大喜。

——《列子·天瑞》

白話語譯

古代杞國有個人擔心天塌地陷，自己無處安身，終日寢食不安。另一個人又為這個杞國人的憂愁而憂愁，就去開解他，說：「天不過是積聚的氣體，沒有哪個地方是沒有空氣的。你的一舉一動、一呼一吸，整天都在天空下活動，怎麼還會擔心天塌下來呢？」那人說：「天是氣體，那日、月、星、辰不就會掉下來嗎？」開解他的人說：「日、月、星、辰也是空氣中發光的東西，即使掉下來，也不會傷害甚麼。」那人又說：「如果地陷怎麼辦？」開解他的人說：「地不過是堆積的土塊，填滿了四處，沒有甚麼地方是沒有土塊的，你行走跳躍，整天都在地上活動，怎麼還會擔心地陷呢？」那個杞國人才高興地放下心來；開解他的人也高興，放心了。

這個寓言以小喻大，通過對話諷刺杞國人的多憂多慮，勸勉世人勿為一些不會發生的事長吁短嘆，應該面對現實，積極生活。

重要度

用典

淺釋

亦稱「用事」，凡於詩文中引用過去有關人、地、事、物的史實或語言文字為比喻，從而增加詞句之含蓄與典雅，即稱用典。

分類

（1）明典

即用典明顯，讓人一看即知詩文用典。例如：

氣春江上別，淚血渭陽情。

—— 杜甫〈奉送二十三舅錄事之攝郴州〉

「渭陽」一詞出自《詩經・唐風》「我送舅氏，曰至渭陽」一句，即以「渭陽」代「舅氏」二字。

（2）暗典

於字面上看不出用典之痕跡，讀者須詳加玩味，方能體會。例如：

秋風不用吹華髮，滄海橫流要此身。

—— 元好問〈壬辰十二月車駕東狩後即事之四〉

此句典出范寧〈穀梁傳序〉：「孔子觀滄海之橫流，乃喟然而歎曰：『文王即沒，文不在茲乎？』」元好問以文王之任為己任，故有此言。

重要度

★ ★ ★ ☆ ☆

歇後語

淺釋

歇後語是由兩部分組成的固定語句，前半部分多用比喻，就如謎面；後半部分是本意，相當於謎底。一般來說，歇後語只提前半部分，後半部分不言而喻，帶給人一種隱含的意思，有時又一語雙關。

例子

（1）姜太公釣魚 —— 願者上釣

（2）劉備借荊州 —— 有借無還

（3）老王賣瓜 —— 自賣自誇

（4）八仙過海 —— 各顯神通

（5）千里送鵝毛 —— 禮輕情意重

（6）丈二和尚 —— 摸不着頭腦

提示

在文章中偶然融入歇後語，可增加文章的活力和幽默感。平日用心想想，也可訓練腦筋。

重要度

★ ★ ☆ ☆ ☆

30 個
最常誤用的成語

考試報告指出：「部分考生錯用或濫用四字詞。」而情況日見明顯，同學必須提高警惕。

編號	成語	近義詞	解釋	備注
1	三人成虎	道聽途說	比喻謠言或訛傳一再重複，人們便信以為真。	例句：三人成虎，謠言不可不防。
2	有口皆碑	眾口稱善	所有人的嘴都像記功的碑。對好人好事，定會一致頌揚。	例句：他協助警方破案，奪得好市民獎，自是有口皆碑。
3	罄竹難書	—	竹：古代寫字的竹簡。形容罪行極多，寫也寫不完。	例句：這個罪犯的罪行罄竹難書，令人齒冷。
4	始作俑者	罪魁禍首	比喻第一個做某樣事情的人，或指不良風氣的創始人。	同學偶會寫成始作「桶」者；兵馬「俑」寫成兵馬「桶」，務須小心。
5	鬼斧神工	巧奪天工	形容技藝高超絕妙，非人工所能為。	同學偶會寫成鬼斧神「功」
6	濟濟一堂	高朋滿座	形容很多有才能的人聚集在一起	例句：近二千名校友濟濟一堂，出席港大百周年校慶晚宴。
7	從長計議	穩打穩紮	指放長一些時間，慢慢商量、考慮，不必急於作決定。也可指慢慢地設法解決。	同學偶會寫成從「詳」計議
8	一言九鼎	言出如山	一句話的份量像九鼎那樣重。形容某人的地位很高，說的話能起決定性的作用。	同學偶會寫成一言九「頂」

編號	成語	近義詞	解釋	備注
9	捉襟見肘	左支右絀	指衣服破爛，生活貧困。比喻顧此失彼，應付不來。	同學偶會寫成捉襟見「爪」
10	尸位素餐	—	指霸佔着職位，白白支薪金而不盡職。	例句：這間公司的高層尸位素餐，絕不可能做出好成績。
11	孑然一身	孤苦伶仃	指孤單一人	例句：他孑然一身，時常羨慕別人能享天倫之樂。
12	眾所周知	盡人皆知	周，普遍、全部。意指大家都知道。	前面不必再加上「大家」，即不要寫成：這是「大家」都眾所周知的事。
13	見仁見智	—	對同一事物或問題，各有不同見解。	同學偶會寫成見「人」見智
14	苦心孤詣	用心良苦	苦心鑽研，到了別人達不到的地步。也指為尋求解決問題的辦法而煞費苦心。	例句：他苦心孤詣，十載寒窗，終於取得了博士學位。
15	美輪美奐	—	形容房屋宏偉、富麗堂皇	不宜用來泛指美好的事物。
16	不恥下問	—	樂於向學問比自己少或地位比自己低的人學習，不會視之為恥辱。	一些同學受「不」字影響，誤解為不向人發問。
17	相形見絀	黯然失色	相比之下，顯出其中一方非常遜色。相形，互相比較；絀，缺陷、不足。	不要再加上「顯得」，即不要寫成：「顯得」相形見絀，因為「顯得」已藏在成語中。
18	意氣用事	—	理智不足，單憑感情辦事。	同學偶誤寫成「義」氣用事，以為是講義氣，錯了。

編號	成語	近義詞	解釋	備註
19	首當其衝	—	比喻最先受到對方的衝擊，或首先遭受災難。	同學偶誤解詞義，以為是指首先衝鋒陷陣，錯了。
20	如履薄冰	如臨深淵	像走在薄冰上一樣，比喻行事極為謹慎，心理上不能放鬆。	例句：這項工作非常艱巨，影響深遠，一路做下去，實在是戰戰兢兢，如履薄冰。
21	耳聞目睹	—	親耳聽到，親眼看見。	睹，指看見。同學偶誤寫成「賭博」的「賭」，小心。
22	推波助瀾	火上加油	指助長事物的聲勢以擴大影響（多用於負面的事情）	同學偶把貶義詞作褒義詞用，例如：同學推波助瀾，我得以獲選為班長。錯了。
23	萬籟俱寂	萬籟無聲	形容周圍的環境十分寧靜，一點聲音都沒有。萬籟，指自然界萬物發出的各種聲響。	例句：這時候，萬籟俱寂，心如明鏡，最好用來溫習文學。
24	萬人空巷	萬頭攢動	形容熱鬧、哄動一時的盛況	偶有同學受「空」字影響，以為意指街上空空如也，錯了。
25	莫衷一是	—	指各有各的看法或主張，不能得出一致的結論。衷，決斷。	例句：如何解答這條問題？同學議論紛紛，莫衷一是。
26	醍醐灌頂	茅塞頓開	佛家語，比喻聽了精闢高明的言論，得到頓悟或很大的啟發。	此乃褒義詞，務須注意。例句：閣下一言驚醒，如醍醐灌頂，我終於知道應該怎樣做了。

編號	成語	近義詞	解釋	備注
27	耳提面命	諄諄告誡	形容對人教導殷切（多用於長輩對晚輩）	此乃褒義詞，切勿誤以為貶義詞。
28	屢試不爽	—	指經過多次試驗都沒有差錯。爽，差錯的意思。	間有同學誤以為「不爽」是指「不爽快」，錯了。
29	絕無僅有	—	指極其少有	間有同學以為此詞是指絕對沒有，錯了。
30	捫心自問	撫躬自問	指自我反省。捫，摸。摸着胸口自問，一般用以形容心地坦然，光明正大。	例句：捫心自問，此事我已盡力而為，沒有對不起任何人了。

| 責任編輯 | 張艷玲 |
| 美術設計 | 陳嬋君 |

書　　名	語文文化知識實用手冊
編　　著	蒲葦
出　　版	三聯書店（香港）有限公司
	香港北角英皇道 499 號北角工業大廈 20 樓
	Joint Publishing (H.K.) Co., Ltd.
	20/F., North Point Industrial Building,
	499 King's Road, North Point, Hong Kong
香港發行	香港聯合書刊物流有限公司
	香港新界大埔汀麗路 36 號 3 字樓
印　　刷	陽光印刷製本廠
	香港柴灣安業街 3 號 6 字樓
版　　次	2014 年 7 月香港第一版第一次印刷
規　　格	大 32 開（130 × 190 mm）136 面
國際書號	ISBN 978-962-04-3588-1

© 2014 Joint Publishing (H.K.) Co., Ltd.
Published & Printed in Hong Kong